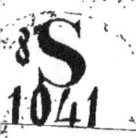

LE CATÉCHISM

DE L'OÏDIUM

PAR DEMANDES & PAR RÉPONSES

PAR

JEAN-JOSEPH CATANY

Ancien chef d'Institution, agronome praticien.

Incerta et occulta sapientiæ tuæ, manifestasti mihi. Ps. 36, v. 7.
Seigneur, vous m'avez dévoilé les choses incertaines et cachées de votre sagesse.

Non nobis, Domine, non nobis, sed nomini tuo da gloriam. Ps. 113. v. 9.
Non à moi, non,; mais à vous, Seigneur, en appartient toute la gloire.

AVIGNON

IMPRIMERIE ADMINISTRATIVE DE GROS FRÈRES

Rue Saint-Dominique, 18.

1878

LE CATÉCHISME

DE L'OÏDIUM

PAR DEMANDES & PAR RÉPONSES

PAR

JEAN-JOSEPH CATANY

Ancien chef d'Institution, agronome praticien.

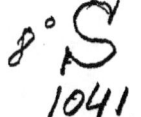

~~~~~~~~~~~~~~~~

Incerta et occulta sapientiæ tuæ, manifestasti mihi. Ps. 86, v. 7.
Seigneur, vous m'avez dévoilé les choses
incertaines et cachées de votre sagesse.

Non nobis, Domine, non nobis, sed nomini
tuo da gloriam. Ps. 113. v. 9.
Non à moi, non ; mais à vous, Seigneur,
en appartient toute la gloire.

AVIGNON

IMPRIMERIE ADMINISTRATIVE DE GROS FRÈRES

Rue Saint-Dominique, 18.

—

1878

UN DÉMENTI DONNÉ PAR LA NATURE

OU

Solution de la maladie et de la mortalité des vignes dont, par erreur, on a fait deux calamités distinctes appelées : l'une Oïdium et l'autre Phylloxera.

L'opuscule que j'ai l'honneur d'offrir au public est divisé en deux parties.

La première partie, intitulée : *Le Catéchisme de l'Oïdium par demandes et réponses,* renferme, primo : la solution des problèmes les plus abstraits de l'oïdium, première phase de la maladie de la vigne ; secundo : deux procédés infaillibles contre les effets désastreux de cette première phase.

Dans la seconde partie, après avoir prouvé que la maladie et la mortalité des vignes sont les résultats d'une seule et même cause, l'auteur indique des procédés propres à ramener à leur état normal les vignes plantées, et à assurer la prospérité de nouvelles plantations qui, grâce à des enseignements autorisés, pourront être faites en toute confiance.

Il est hors de doute que tous les viticulteurs de la France mettront en œuvre les procédés indiqués ici, non pas tant parce que ces procédés ne coûtent rien, que parce qu'ils portent en eux-mêmes un caractère de vérité qui s'impose.

UN DÉMENTI DONNÉ PAR LA NATURE

Il pourrait paraître étrange que l'opinion d'un homme eût la prétention de s'imposer à l'humanité tout entière, mais tous les hommes comprendront que ce grand privilége appartient à un phénomène naturel dont l'évidence saute aux yeux comme la lumière du jour et les ombres de la nuit.

C'est la première fois qu'un phénomène naturel est venu dévoiler les propriétés d'une calamité publique et indiquer deux procédés infaillibles propres à combattre cette calamité, en montrant la cause de l'effet qu'elle produit.

Un démenti donné par la nature.

C'est merveilleux, m'écriai-je, merci, mon Dieu!
C'est une chose surprenante et curieuse, qu'une théorie prise dans la nature, et par conséquent irrécusable dans une question qui fut le désespoir de milliers d'observateurs de toutes les classes et de toutes les conditions.
Le vrai seul est beau ! le vrai seul est aimable !

La taille des Vignes
telle que la pratiquaient nos ancêtres

1 - Œil ou Bourgeon naissant.   2 - Bourre ou Bourgeon.

3 - Bec de flûte.

Instruments propres à la taille des Vignes.

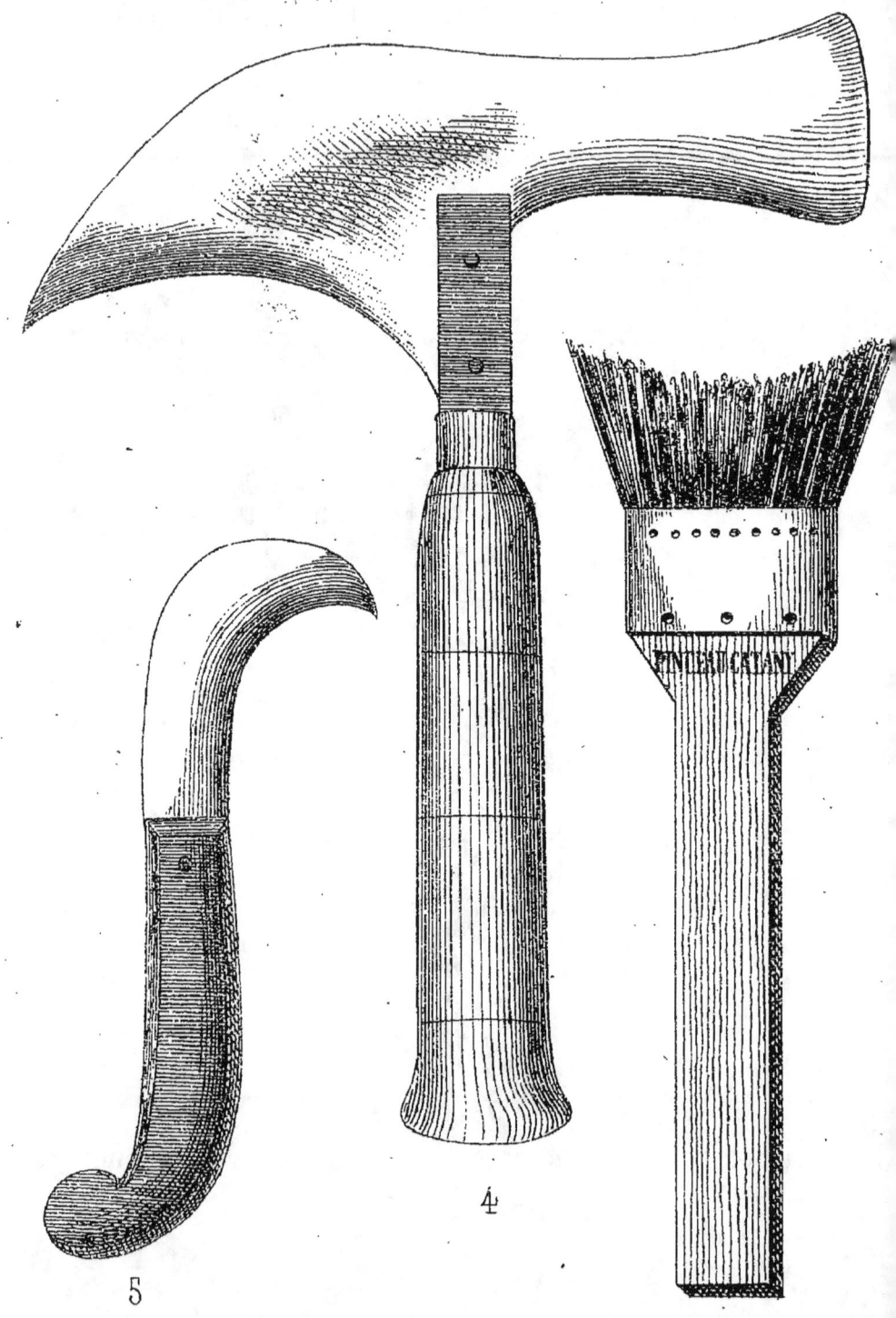

4

5

AVANT-PROPOS

Sur la fin du mois de juillet 1853, alors que l'oïdium exerçait ses ravages, j'étais, depuis environ deux ans, du nombre de ces milliers d'hommes savants et ignorants, riches et pauvres, qui, tous, avaient les yeux fixés sur un coin du grand livre de la nature. Nous cherchions tous la solution d'un même problème, lorsque tout à coup moi seul, parmi tant de milliers d'hommes, j'aperçus un phénomène naturel que tous avaient sous les yeux sans le voir, et le problème fut résolu.

Cet élan des populations dont on ne trouve peut-être pas d'exemple et qui alors s'était emparé de toutes les âmes, témoignera dans la suite des temps, de la gravité du mal et de l'importance du produit qui en était attaqué.

Il s'agissait de découvrir un procédé propre à combattre une calamité désastreuse connue sous le nom d'oïdium, qui à l'époque dont je parle ci-dessus, ravageait les vignobles de l'Europe et de l'Afrique.

Les vignes chargées de fruits mais attaquées de l'oïdium présentaient un aspect désolant, la consternation s'était répandue dans les campagnes et dans les villes, chaque année venait grossir le chiffre des pertes immenses éprouvées par la viticulture, l'industrie, le le commerce et l'État. Cependant toute espérance n'était pas éteinte dans les cœurs, le parasite plante auquel les agronomes attribuaient le dépérissement des raisins paraissait chose facile à détruire. C'est ce qui explique l'enthousiasme de ces milliers d'hommes se transportant en foule dans les champs de vignes pour s'y livrer à des expériences. Malheureusement l'hypothèse de l'existence d'un cryptogame était le résultat d'un jugement précipité et ne reposait que sur des apparences trompeuses : aussi tout ce que l'imagination put inventer, tout ce que la chimie offrait de ressources, tout resta sans effets.

La question si abstraite de l'oïdium ne pouvait être résolue que par le phénomène naturel que je découvris, on en sera convaincu après avoir pris lecture de mon catéchisme.

J'ai dû mettre en tête de cet opuscule : 1º Les rapports authentiques de l'honorable société départementale d'agriculture de Marseille ; 2º Un exposé des causes qui ont empêché ma découverte et mes travaux de se faire jour ; 3º l'explication d'une lithographie qui est la reproduction exacte du phénomène naturel que j'ai découvert ; 4º enfin, une série de questions prises dans la nature, que nul ne pourra résoudre en dehors de ma découverte et dont la solution fait la matière de mon ouvrage.

La connaissance de ces différentes pièces, fera apprécier la grandeur de ma découverte, la puissance de mes procédés, la justesse de mes arguments, et l'exactitude des faits sur lesquels repose ma théorie.

PREMIER RAPPORT

Cejourd'hui 7 septembre 1853, nous, Dominique-Isidore Quenin, membre de la Société d'Agriculture de Marseille, chargé par cette Société, à la demande de M. le Préfet, de visiter une vigne sur laquelle M. Catany, de Saint-Rémy, a fait l'essai d'un moyen propre à combattre l'oïdium, et en constater le fait, nous nous sommes rendu dans cette ville. Ne voulant pas prendre sur nous toute la responsabilité d'un pareil examen, qui peut avoir une grande importance, et en l'absence de M. le Maire de cette ville, seul membre de la Société dans cette localité, nous nous sommes adjoint deux hommes honorables : M. Daillan, ancien pharmacien, propriétaire de vignobles considérables, dont il dirige la culture, et M. César Deydier, aussi propriétaire de vignes, l'un des fondateurs du Comice Agricole de Tarascon, possédant tous deux des connaissances pratiques qui les rendent bons juges en viticulture.

La commission ainsi composée, nous nous sommes rendus (accompagnés de M. Catany) à son jardin, où il a fait sa première expérience. Il nous y a montré des muscats soumis à son traitement, et qui ont été amenés à un bon état de conservation. Mais l'élévation des treilles qui les produisent, la culture qu'elles reçoivent, les irrigations fréquentes dont elles profitent, constituant des circonstances exceptionnelles, sur lesquelles nous ne pouvions établir une opinion générale ; nous nous sommes peu arrêtés à cet examen, et nous avons invité M. Catany à nous conduire à la vigne dans laquelle il a pu faire des applications de son remède plus nombreuses et plus concluantes.

Cette vigne est située sur une élévation, avec une pente peu rapide au nord, en terrain sec et pierreux ; elle est parfaitement attaquée de la maladie, ainsi que celles qui l'environnent.

M. Catany nous a montré plusieurs ceps, dont il a soumis les raisins à son traitement, à divers degrés de la maladie, entre la mi-juin et la fin d'août. Nous avons tout de suite aperçu une grande différence entre ceux qu'il a soumis à son traitement et ceux qu'il a abandonnés à la maladie ; les premiers ont acquis leur volume ordinaire, leur pellicule est propre, luisante, colorée, tandis que les autres sont restés petits, durs, couverts de la poussière caractéristique.

Pour mettre la Société à même de se former dès à présent une idée sur cette différence, nous avons pris sur un cep un raisin qui a subi le traitement, et un autre qui est resté sans secours, et sur un autre cep un raisin sur la moitié duquel l'opération a eu lieu.

Ne pouvant pas trouver dans cette expérience faite en notre absence, et sans avoir connu l'état dans lequel se trouvaient les raisins au moment où ils ont été soumis au traitement, les fondements d'une conviction, nous avons invité M. Catany à opérer en notre présence et sur des grappes que nous lui désignerions ; *il s'y est refusé*, dans la crainte, sans doute, que nous pussions pénétrer son secret, ce qui était loin de notre pensée.

Pour suppléer autant qu'il nous était possible à ce défaut de l'expérience, telle que nous la demandions, nous avons désigné dans la première rangée de la vigne, à l'ouest, dix-sept ceps, à partir du nord, sur lesquels M. Catany fera l'application de son remède. Nous avons pris note du degré de la maladie de chacun, du nombre des raisins qu'ils portent, et nous en avons désigné, sur chaque cep, un que M. Catany devra laisser intact, pour nous servir de terme de comparaison.

M. Catany nous ayant dit qu'une douzaine de jours suffisaient pour que son remède accomplît son effet, nous nous sommes ajournés au lundi 19 de ce mois, pour venir visiter le résultat de cette nouvelle expérience et le constater ; après quoi nous avons clos ce premier rapport, que nous avons revêtu de notre signature, ainsi que celle de M. Catany.

Signés : D, QUENIN, Baptiste DAILLAN,
M. C. DEYDIER, J. J. CATANY.

DEUXIÈME RAPPORT

En continuation de la mission dont nous nous sommes chargés, cejourd'hui 10 septembre 1854, nous, membres de la commission ci-devant instituée, à laquelle est venu s'adjoindre sur notre demande M. Barthélemy Lapommeraye, vice-président de la Société ; nous nous sommes de nouveau transportés à la vigne de M. Catany, nous y avons examiné les dix-sept ceps désignés dans notre précédent rapport, et sur lesquels M. Catany a appliqué son traitement le 8 de ce mois.

Au premier coup d'œil, nous avons reconnu que sur tous ces ceps sans exception, les raisins qu'ils portent

ont été ramenés à des conditions plus ou moins satisfaisantes, suivant le degré auquel la maladie était parvenue sur chacun, et que la grappe qui n'a pas été
opérée est restée dans son premier état. Dans toutes les
grappes qui ont reçu l'opération, les grains entièrement
desséchés, frappés de mort, n'ont subi aucun changement ; mais ceux qui conservaient un peu de vie ont
pris un tout autre aspect ; ils ont acquis le volume ordinaire de leur espèce, ils sont vivement colorés, luisants
comme le verre le plus poli, et il paraît que rien ne
peut les empêcher d'arriver à complète maturité.

Ce résultat aurait été encore plus complet si l'expérience avait eu lieu deux mois plus tôt, au moment
où la maladie commençait ; on n'en peut pas douter,
et M. Catany nous en a donné la preuve en nous montrant des raisins sur lesquels il avait opéré en juin, ou
au commencement de juillet ; sur ceux-là l'effet est
presque complet, on n'y voyait qu'un tout petit nombre
de grains avortés.

Comme à notre première visite, nous avons fait choix
de quelques grappes dans ces diverses conditions, elles
seront mises sous les yeux de la Société, pour qu'elle
puisse juger par elle-même de l'efficacité du remède de
M. Catany, qui n'est plus un doute pour nous. Nous
sommes portés à croire que ce traitement mis en usage
de bonne heure, aussitôt que l'oïdium se manifeste,
peut-être même tout de suite après la fructification ou
formation des grains, pourrait préserver nos vignes du
fléau qui en détruit les récoltes depuis trois ans.

Il nous restait à connaître le temps et la dépense
qu'occasionnerait l'emploi des moyens dont M. Catany
use contre l'oïdium.

Aux questions que nous lui avons adressées sur ce

double sujet, il nous a répondu que la main d'œuvre
qui constitue la plus grande partie des frais, demande-
rait huit à neuf journées de femmes ou d'enfants par
hectare, c'est-à-dire une dépense de huit à neuf francs,
dans laquelle serait comprise la valeur des matières em-
ployées.

Pour compléter nos expériences, nous avons engagé
M. Catany à faire cueillir séparément, et cuver à part,
une certaine quantité de raisins guéris par son remède,
et de ceux que l'oïdium n'a pas atteints, pour en comparer ensuite le moût et le vin, et les soumettre à l'épreuve
de l'aréomètre et de la dégustation; ce qu'il nous a
promis d'exécuter.

Notre mission étant accomplie, nous avons rédigé ce
rapport qui a été signé par nous et M. Catany.

> Signés : Barthélemy Lapommeraye , vice-
> président de la Société d'Agriculture,
> D. Quenin, président de la Commission,
> Baptiste Daillan, M.-C. Deydier, J.-J.
> Catany.

TROISIÈME RAPPORT

Dans le second rapport, fait sous la date du 19 septembre 1853 par la commission que la Société agricole
de Marseille, sur l'invitation de M. le Préfet, avait
chargée de constater l'efficacité du remède que M. Catany emploie pour la guérison du raisin, il est dit:

« Pour compléter nos expériences, nous avons engagé M. Catany à faire cueillir séparément et cuver à part, une certaine quantité de raisins guéris par son remède, et de ceux que l'oïdium n'a pas atteints, pour en comparer ensuite le moût et le vin; et les soumettre à l'épreuve de l'aréomètre et de la dégustation. »

Nous, membres de cette Commission, déclarons : que M. Catany, désirant répondre au vœu de la Commission, pour que la Société d'Agriculture n'eût aucun doute sur les résultats, nous a engagés à assister à toutes les opérations que nécessitait l'accomplissement de cette demande. Nous nous sommes empressés de nous rendre sur les lieux ce 26 septembre dernier.

Après avoir reconnu que les raisins guéris, et ceux qui n'avaient pas été atteints de l'oïdium, étaient dans les conditions les plus favorables, nous en pressâmes une quantité égale des uns et des autres ; (11 kilog. 5 hect.) ces deux quantités furent pressées à part, sous nos yeux, et déposées dans un vase particulier ; ces vases, nous les notâmes, et les laissâmes dans une pièce sous clef, pour que rien ne pût y être changé.

Le 13 courant, nous nous sommes réunis de nouveau pour tirer le vin. Nous avons reconnu d'abord que les raisins guéris ont rendu, sur une quantité de cinq litres, un cinquième de litre de vin de plus que les raisins qui n'avaient pas été atteints de l'oïdium ; qu'ils avaient donné un vin plus souple, plus agréable à boire, et mieux dépouillé ; cependant, une différence d'un degré et demi a été à l'avantage du vin produit par les raisins qui n'avaient pas été attaqués de l'oïdium, à l'épreuve du pèse-vin. Nous avons soumis aussi les marcs des deux qualités de raisins à la distillation, qui n'a donné aucune différence sensible sur la quantité et sur le goût, ainsi qu'à l'épreuve de l'aréomètre.

Après toutes ces épreuves, nous avons étiqueté les bouteilles qui sont à notre disposition, et lorsque la fermentation sera arrivée à son terme, elles seront mises sous les yeux de la Société d'Agriculture de Marseille, dont nous sommes les délégués.

Nous nous faisons un devoir d'observer un fait que le hasard nous a procuré, et qui, selon nous, est une des preuves les plus concluantes de l'efficacité du remède de M. Catany.

Au moment de presser les raisins, nous nous sommes aperçus que les vases ne pourraient les contenir, et qu'il convenait d'en séparer tous ceux qui, n'étant pas parvenus à leur parfaite maturité, porteraient nécessairement préjudice à la qualité du vin, ce qui fut fait immédiatement, sur les raisins opérés et sur ceux qui ne l'étaient pas.

Aujourd'hui 13 octobre, nous avons remarqué, à notre grande surprise, que les raisins opérés se sont conservés sains, fermes et transparents ; tandis que les autres se sont pourris et se sont desséchés.

Ce fait nous donne la certitude que le remède de M. Catany ajouterait à l'avantage de préserver les raisins de l'oïdium, celui de les conserver pour une saison plus avancée.

Saint-Rémy, ce 17 octobre 1853.

Signé : B. DAILLAN, D. M. E. DEYDIER,
J.-J. CATANY.

SOCIÉTÉ D'AGRICULTURE DES BOUCHES-DU-RHONE

LETTRE adressée à M. le ministre de l'Agriculture, du Commerce et des Travaux publics, le 30 novembre 1853.

Monsieur le Ministre,

J'ai eu l'honneur de vous adresser, par l'entremise de M. le Préfet de ce département, trois rapports de la Commission de notre Société, relatifs à la découverte Catany pour la guérison de la maladie de la vigne.

Comme complément des études de notre Commission, j'ai remis hier à l'administration des Messageries impériales, une caisse à votre adresse, contenant quatre bouteilles *vin*, et deux petits échantillons *esprits* étiquetés, les unes renfermant du vin provenant des raisins respectés par la maladie, les autres, du vin fait avec des raisins atteints par l'oïdium et guéris par M. Catany au moyen de son procédé.

Au moyen de ces échantillons, il vous sera facile de voir le résultat des expériences auxquelles s'est livrée la Commission.

Pour copie conforme :

Le premier Vice-Président de la Société d'Agriculture des Bouches-du-Rhône,

Signé : FALCON.

SOCIÉTÉ D'AGRICULTURE DES BOUCHES-DU-RHONE

Extrait du Rapport adressé à M. le Ministre de l'Agriculture, du Commerce et des Travaux publics, le 23 décembre 1853.

Les bons procédés de fabrication du vin sont encore trop peu répandus. Quelques médailles accordées par la Société témoignent cependant de certains efforts faits pour améliorer cette industrie, et ces efforts doivent être soutenus. Mais notre attention se porte surtout sur le terrible fléau qui a ravagé nos vignobles, néanmoins aucune récompense n'a été accordée à ceux qui ont tenté de le combattre.

Les résultats constatés au moment du concours n'étaient pas assez prononcés. Mais postérieurement notre Société a reconnu une certaine efficacité, dans le procédé imaginé par un propriétaire de Saint-Rémy, le sieur Catany. Si ce procédé est aussi simple, aussi facile à mettre en œuvre, et surtout aussi efficace qu'il l'a paru à la Commission dont nous avons eu l'honneur de vous transmettre les procès-verbaux, assurément une récompense devra être accordée à son auteur. Dans tous les cas, il importe de pouvoir encourager les tentatives qui auront été couronnées de quelques succès.

Pour copie conforme :

Le premier Vice-Président de la Société d'Agriculture des Bouches-du-Rhône,

Signé : FALCON.

EXPOSÉ

Des circonstances qui précédèrent et qui suivirent ma découverte, et des causes qui empêchèrent ma découverte et mes travaux de se faire jour.

Après avoir mis sous les yeux du lecteur les faits surprenants contenus dans les rapports qui précèdent, il est indispensable de dire pourquoi ces faits qui ne pouvaient être dus qu'à une découverte merveilleuse et qui avait été sanctionnée d'une manière si solennelle par la Société départementale d'Agriculture de Marseille, furent condamnés à l'oubli.

Un court exposé des circonstances qui précédèrent et suivirent ma découverte, va répondre à cette question :

Au mois de septembre 1851, me trouvant libre de mon temps, je me jetai dans cette vaste arène où des milliers d'hommes de toutes les classes et de toutes les conditions se livraient à la recherche d'un procédé propre à combattre la maladie désastreuse appelée oïdium. Comme la saison des expériences était passée, je ne fis que jeter un coup d'œil observateur sur le caractère apparent de l'oïdium et sur l'état des vignes et des fruits qu'elles portaient. Dans mes excursions longues et fréquentes, je vis çà et là dans les champs de vignes quelques grains de raisin aussi beaux, aussi limpides, aussi vermeils que dans les années les plus prospères. Ces grains étaient toujours groupés sur un même point du raisin qui les portait et dont tous les autres grains

étaient crevassés et desséchés. Je fus vivement frappé de ce phénomène, mais je ne m'arrêtai pas à l'idée d'en rechercher la cause.

Au printemps de 1852, dès que les bourgeons de vigne commencèrent à se développer, je me sentis plein de ce zèle, de ce dévouement, de cet enthousiasme que l'espoir du succès peut seul inspirer. Peu après, je fus vivement surpris de la puissante végétation de cet arbuste précieux qui, au mois de septembre dernier, m'avait offert un spectacle si désolant. Enfin les raisins fleurirent et l'oïdium reparut, je fis un grand nombre d'expériences, mais, comme tout le monde, je les fis à titre d'essai ; car il faut le dire, on n'avait aucune donnée, on ne savait rien. Je ne dirai pas combien d'émotions diverses et souvent pénibles j'éprouvai dans cette saison ; mes expériences restèrent sans effet. Du nord au midi, de l'est à l'ouest, le résultat fut le même. Je dirai ici que j'avais fait quelques observations importantes qui n'étaient pas en faveur du crytogame ou parasite vivant aux dépens des produits de la vigne, les atrophiant, les corrodant et les détruisant. En effet, rien de tout cela n'existait, les vignes étaient généralement riches en bois, en feuilles et fruits, l'aubier des branches était parfaitement intact, tout annonçait que les canaux conducteurs de la sève n'avaient subi aucune altération, il n'y avait là qu'une question à résoudre, savoir : quelle était la nature, quelles étaient les propriétés de la matière qui couvrait les raisins et les autres produits de la vigne.

Pendant l'hiver qui suivit, je coordonnai mes notes et mes observations ; après avoir mûrement réfléchi, je crus pouvoir conclure que l'oïdium était le produit de la sève. Avant de passer outre, il est important de dire : que, pendant cette saison, je vis encore çà et là de petits

2

groupes de grains parfaitement conservés sur des raisins
fortement attaqués de la maladie, je pensai dès lors que
ce phénomène se produisait nécessairement en temps
d'oïdium. En 1853, la végétation des vignes n'eut rien
à envier à celle de l'année précédente, l'oïdium reparut
à l'époque ordinaire, mon dévouement allait toujours
croissant, je fus tenté de faire encore quelques expériences, tout en me livrant particulièrement à l'observation.
Du matin jusqu'au soir j'étais dans les champs de vignes, mais passons. . pourquoi languir dans le doute
quand on est si près de la vérité. J'arrive immédiatement
au 25 du mois de juin de cette même année 1853; dans
la matinée de ce jour dont je conserve un précieux sou-
venir, j'avais plus fatigué qu'à l'ordinaire. Après midi,
j'étais dans mon jardin, soucieux et triste, je considérais
l'état déplorable de mes treilles et de mes espaliers.
Plusieurs fois je me sentis ébranlé d'un sentiment d'impuissance. Pour faire diversion, je pris un outil, je me
dirigeai vers quelques plantes de pommes de terre qui
paraissaient malades. Comme je fouillais machinalement
au pied d'une de ces plantes, l'idée me vint qu'on pourrait peut-être conserver les raisins en les dépouillant
de la matière qui les couvrait. A cette idée lumineuse,
je lâche l'outil que je tenais, je cours, je prends la
brosse à nettoyer les habits, je me mets à l'œuvre sur
un raisin muscat dit d'Espagne. Sous l'action de la
brosse, les grains de ce raisin se montrent verts, luisants, limpides, intacts, ils semblent sourire à l'instrument bienfaisant qui vient de les rendre à l'air et à la
lumière. A cette vue, je conçois les plus douces espérances, mais tandis que je me livre à cette opération,
une idée d'un ordre plus élevé passe dans mon esprit :
Peut-être, me dis-je, les grains de raisin que j'ai vus si

beaux, si vermeils sur des raisins entièrement desséchés, doivent leur conservation au frottement d'une feuille de vigne agitée par le vent. Je ne saurais dire quel transport de joie se produisit en moi. Je restai quelques instants comme interdit, puis je continuai mon œuvre qui venait de recevoir une nouvelle sanction, car si cette idée se réalisait, je venais d'être l'imitateur de la nature sans m'en douter.

Le lendemain matin, avant le lever du soleil, j'étais dans les champs de vignes, courant à la découverte de mon phénomène ; mais je ne tardai pas à comprendre que les feuilles de vigne, n'ayant pas encore acquis tout leur développement, manquaient de souplesse pour arriver jusqu'au raisin. Je me vis donc forcé d'attendre que la saison fût plus avancée.

Je me procurai alors un pinceau très-doux, et je continuai mon œuvre sur les muscats de ma treille et les espaliers de mon jardin, mais de manière que sur une branche de vigne qui portait deux, trois ou quatre raisins, j'en brossais un et j'abandonnais l'autre à la maladie, ainsi de suite.

Ce rapprochement de la vie et de la mort présenta un aspect saisissant, lorsque au mois de septembre les raisins dépouillés de l'oïdium eurent atteint tout leur développement et une maturité complète, à côté du raisin abandonné qui était crevassé et desséché.

J'appliquai ensuite le même procédé sur les raisins de ma vigne qui étaient fortement attaqués de l'oïdium. Comme je cherchais de bonne foi la vérité, je prenais toutes les précautions pour ne rien laisser au hasard.

Dans cette disposition je me mis à opérer les raisins de quelques ceps, tantôt au nord, tantôt au sud, tantôt à l'est et tantôt à l'ouest, ayant soin de laisser toujours à côté des raisins guéris, des grappes couvertes de l'oïdium, et de mettre entre mes opérations un espace de plusieurs jours pour pouvoir juger des progrès de la maladie et du développement plus ou moins apparent que prenaient les raisins opérés, pour que je pusse plus tard compléter mes convictions ; j'appliquai mon procédé, et cela à l'insu des propriétaires, sur des raisins de vignes situées les unes dans les plaines, les autres sur les hauteurs, celles-là plantées dans des terrains humides, d'autres dans des terrains argileux et j'observais régulièrement le résultat de mes expériences.

J'arrive enfin à une époque qui me rappelle une des plus vives émotions qu'un homme puisse éprouver, quand il se trouve en présence d'un fait qui va justifier ses prévisions ou les réduire à néant.

La saison était arrivée où les premières feuilles que pousse la vigne, ont atteint leur développement ; j'étais dans mon champ de vigne, j'examinais avec attention les raisins malades et les raisins guéris par mon procédé, quand tout à coup j'aperçus sur une grappe enveloppée de la poussière mortelle, les traces d'un léger frottement opéré sur la partie culminante de quatre grains de raisin, je m'assis fiévreusement au pied du cep. Il était environ quatre heures du soir ; le vent soufflait du sud-ouest, mes yeux fixés sur la feuille et le raisin, je ne tardais pas à voir se produire le phénomène qui consiste dans le frottement qu'une feuille de vigne, agitée par le vent, exerce sur le raisin ; je vis ce phénomène se reproduire mainte et mainte fois à cours intervalles. Ce spectacle me combla de joie et d'espérance, je ne pouvais m'arracher du poste que je m'étais donné. Je voulais toujours voir encore une fois ce prodige ; je ne pouvais me rassasier de le revoir et de l'admirer, quand tout à coup, dans un transport d'enthousiasme : « C'est merveilleux ! m'écriai-je, merci, mon Dieu ! »

On appréciera cette exclamation à sa juste valeur, si l'on songe, d'une part, à l'inutilité des efforts tentés contre l'oïdium, depuis plusieurs années et par des milliers d'observateurs ; si l'on songe, d'autre part, à l'importance d'une découverte qui donnait la clé d'une des questions les plus abstraites. En effet, découvrir en temps d'oïdium la cause de la conservation de quelques grains de raisin c'est apprendre comment on le conserve.

Le lendemain de ce jour, dès quatre heures du matin, j'étais dans un vaste champ de vignes, courant de nouveau à la recherche de mon phénomène, qui n'est pas très-commun, car il faut une entente de situation entre le vent, la feuille et le raisin, qui concourent simultanément à le produire. Dans mon exercice, je découvris sur trois ceps différents trois raisins, sur lesquels plusieurs grains portaient les traces du frottement dont il s'agit ; les trois raisins, les sarments qui les portaient et le cep furent soigneusement remarqués et notés, car je devais suivre avec soin et de près toutes les phases par lesquelles passeraient ces grains privilégiés pour atteindre toute leur grosseur et une maturité parfaite.

On trouvera dans mon catéchisme les précieux enseignements qui m'ont été fournis par la découverte merveilleuse qui consiste, comme l'on voit, dans le frottement qu'une feuille de vigne, agitée par le vent, exerce sur quelques grains de raisin qui, par suite de ce frottement, arrivent à une maturité complète. Il pourra paraître superflu de dire, après tant de convictions et d'enseignements pris dans la nature elle-même, que dès lors je pus à volonté ramener à la vie le fruit de la vigne dont le dépérissement était inévitable, et me jouer d'une maladie désastreuse qui faisait le désespoir de milliers d'observateurs, en guérissant, ici un nombre quelconque de grains, là, la moitié des grains d'un raisin, ainsi qu'il est dit dans le premier rapport de la Société d'Agriculture.

Enfin, dans les derniers jours du mois d'août, voyant que tous mes raisins opérés avaient acquis le volume ordinaire de leur espèce et qu'ils étaient aussi limpides, aussi colorés que dans les années les plus prospères, tandis que les raisins non opérés n'avaient subi aucun changement; j'écrivis à M. le Préfet pour l'informer des résultats merveilleux que j'avais obtenus. Sur la demande de ce haut fonctionnaire, le président de la Société d'Agriculture de Marseille délégua une commission pour apprécier l'état des raisins que j'avais opérés. Je ne dirai rien de ce qui fut fait, je ne pourrais que reproduire ici ce qui est dit dans les rapports que fit cette commission. Je me rendis souvent au sein de la Société d'Agriculture à laquelle je présentai plusieurs fois des spécimens des raisins guéris par mon procédé et qui toujours excitaient l'admiration de tous ses membres.

Je me plais à rappeler que dans les premiers jours du mois de novembre de la même année 1853, M. Falcon, Président de la Société, présenta à l'assemblée, dans une grande feuille de papier, plusieurs de ces raisins qui avaient été cueillis vers la fin de septembre et qu'il avait tenus enfermés pendant quarante jours; ils étaient si bien conservés que tous les membres présents en mangèrent.

Au mois de juin 1854, je dévoilai mon procédé dans une notice imprimée.

Dès que ma découverte fut connue, la Société départementale d'Agriculture de Marseille ne pouvant pas, d'un côté, nier ce qu'elle avait fait et ce qu'elle avait tant admiré, ne voulant pas, d'un autre côté, accepter un démenti, s'imposa un silence absolu sur les étonnants résultats qu'elle avait solennellement sanctionnés. Tous les moyens employés pour la faire parler ne purent lui arracher une parole ni pour ni contre mon procédé. Peut-être m'étais-je attiré la malveillance de cette Société par l'obstination que j'avais mise à lui cacher mon secret malgré ses vives instances. Mais pouvais-je le dévoiler ?

Ma découverte a le caractère qui, dans mon appréciation, s'attribue à tout phénomène naturel, elle est aussi simple que féconde en résultats. Si je l'eusse dévoilée, bien des observateurs se fussent imaginés l'avoir connue aussi bien que moi ; je n'avais donc que la voie de la presse pour la divulguer sans que nul pût se l'attribuer.

Cette défaillance de la Société d'Agriculture m'imposa une pénible déception. Privé du patronage de cette Société, je sentis mon impuissance. A cette époque, les droits légitimes n'avaient qu'une valeur relative, car il est juste de faire de tout cela une large part au malheur des temps. Force fut donc à moi de prendre mon parti. Je le pris résolument, ne pouvant plus compter sur une récompense, soutenu seulement par mes convictions, par l'amour du bien public et comprenant d'ailleurs qu'il y avait dans ma découverte les éléments d'une théorie également utile et surprenante. Je recommençai mes courses au travers des champs de vignes ; je me livrai de nouveau à l'observation, à l'expérience, et je fis une étude approfondie des phases de l'oïdium Ce travail dura encore six ans, chaque saison de la fructification des vignes m'apporta son tribut de découvertes. Grâce aux enseignements précieux que j'avais recueillis, je composai et je fis imprimer en 1862 un traité de la maladie de la vigne. En 1863, je fis également imprimer une dissertation sur le même sujet. Enfin, dans les mois de février et mars 1874, je mis à exécution le projet de faire de tous mes écrits sur la vigne un précis lumineux qui répondît aux exigences de la science et aux besoins de pratique. Ce précis lumineux n'est autre chose que le modeste opuscule portant le titre de catéchisme et que je livre aujourd'hui à la publicité.

Il est vrai de dire que l'oïdium est déjà quelque peu loin de nous; mais si l'on songe qu'il s'agit d'une découverte merveilleuse et d'enseignements précieux concernant une des questions les plus abstraites et qui a bravé les efforts de la science; si l'on songe aux pertes immenses que ce fléau causa à la viticulture, à l'industrie, au commerce et à l'Etat, si l'on songe, dans ce moment, la France nous en fournit la preuve, si l'on songe aux sacrifices que les Gouvernements et les peuples s'imposent, quand ils sont en présence d'une calamité publique et que nul ne connaît le moyen d'en conjurer les atteintes funestes; si l'on songe enfin au devoir imposé à toutes les générations de transmettre les découvertes utiles aux générations subséquentes, on me saura gré, j'en ai la confiance, des longs et pénibles travaux auxquels je me suis livré, des sacrifices relativement considérables que ces travaux m'ont imposés et du zèle que je déploie pour en assurer la propagation.

J'ai pensé que pour donner une idée juste de ma

découverte, qui est la base sur laquelle repose toute ma théorie, je n'avais rien de mieux à faire que de mettre sous les yeux du lecteur la reproduction lithographique que je fis faire de cette découverte en 1862, et d'en donner l'explication.

Dans la formation de l'oïdium, je distingue trois phases principales, qui sont ici représentées par les trois premières planches. Dans la première phase (PLANCHE 1re), l'oïdium ne peut être vu qu'à l'aide d'un microscope. Dans la seconde phase (PLANCHE 2me), l'oïdium est visible à l'œil nu. Dans la troisième phase (PLANCHE 3me), l'oïdium est entièrement formé.

Il est à propos de remarquer ici que jusqu'à ce moment le raisin n'a pas cessé de se développer, parce que l'*oïdium* ne recouvrait pas entièrement la pellicule de ce fruit, et ne l'empêchait pas, par conséquent, de recevoir les influences bénignes de l'atmosphère ; mais quand l'oïdium est arrivé à la troisième phase, dont nous venons de parler, il enveloppe le raisin comme dans un étui, en arrête la croissance, et, à l'époque de la maturité, ce fruit se crevasse et se dessèche. C'est alors, c'est-à-dire lorsque l'oïdium forme sur le raisin une croûte épaisse et continue, que commence à se produire un phénomène qui a causé l'étonnement et l'admiration de tous les observateurs, et qui consiste en quelques grains parfaitement conservés sur des grappes desséchées. Voici la cause de ce phénomène :

A cette époque, je le répète, lorsque le raisin est enveloppé de l'oïdium de toutes parts, on rencontre çà et là sur des ceps attaqués de l'oïdium une branche portant un raisin et une feuille disposée comme on le voit dans les planches 2me et 3me. Lorsque cette feuille est agitée par le vent, elle exerce sur la pellicule d'un ou de plusieurs grains de raisin un frottement qui enlève sur un point seulement de cette pellicule une partie de la croûte qui la couvre ; au même instant, ces grains, rendus à l'air et à la lumière, reprennent leur développement ; les quatre cinquièmes de la croûte restante se crevassent, tombent, et le raisin arrive beau et vermeil à une maturité complète.

(PLANCHE 4me). Avant de passer outre, je ferai observer ici que c'est le rapprochement d'un raisin et d'une feuille de vigne et l'effet produit par cette feuille quand elle est agitée par le vent, qui m'ont fait émettre ces deux vérités ; je ne sache pas qu'ailleurs la nature ait placé le remède plus près du mal ; s'il y avait assez de feuille pour chaque grain, s'il y avait assez de vent pour chaque feuille, la nature se chargerait du soin de guérir les raisins. Voilà ma découverte. Elle consiste dans l'action de la feuille sur le raisin. Cette découverte m'appartient exclusivement ; elle est simple, mais elle a de la grandeur ! et dans l'intérêt des générations futures, je demande pour elle de l'éclat. Je dis qu'elle a de la grandeur, on en conviendra, car 1° elle explique le phénomène des grains conservés sur des grappes desséchées ; 2° elle justifie mon procédé du brossage, dont l'infaillibilité est prouvée par l'expérience et constatée par les trois rapports de la Commission déléguée par la Société d'Agriculture de Marseille ; 3° c'est à cette découverte que je dois encore la solution des problèmes que voici : Pourquoi le raisin ne cesse de se développer tant que l'oïdium ne l'a pas entièrement enlacé dans ses réseaux ? Pourquoi le raisin enlacé dans les réseaux de l'oïdium cesse de se développer, si ses réseaux ne sont brisés par une cause quelconque ? Pourquoi l'oïdium ne produit qu'un seul effet sur le

raisin, celui d'en arrêter le développement? Pourquoi
le raisin ne se détériore que lorsqu'il se met en contact
avec l'air par le crevassement? Pourquoi enfin l'oïdium
est inoffensif de sa nature?

Que dire après une telle découverte de la théorie du
cryptogame, parasite qui germe, se développe, grandit
aux dépens des produits de la vigne, théorie qui a été
patronnée par toutes les sociétés d'agriculture de
l'Europe, et qui a donné lieu à des hypothèses que l'on
pourrait appeler, dans un sens honnête et modéré, des
débauches d'esprit et d'imagination. Les uns ont
supposé qu'à certaine époque de l'année, des légions
innombrables d'animalcules s'abattent sur les vignobles;
d'autres, qu'à l'époque de la germination des vignes,
des germes reproducteurs envahissent les produits de
cette plante précieuse. Ces hypothèses sont réduites à
néant par ma découverte, car elles se trouvent en
contradiction avec tout ce que l'expérience, l'observation et la nature nous ont appris. Aussi, cette doctrine
n'a pu arriver à aucun résultat, et à l'époque où l'oïdium
a disparu, elle était encore à son point de départ.

Tout ce que la science a écrit sur la maladie de la
vigne se borne à quelques rapports adressés par certains
membres des sociétés d'Agriculture, et ces rapport n'ont
pu jeter aucun jour sur cette question, parce que cette
théorie repose sur un principe faux; ce qui étonne, c'est
que par manque d'observation sans doute, ces erreurs
ont eu les meilleurs esprits pour complices.

M. Rendu, inspecteur de l'agriculture, mandé par le
ministre compétent, fut chargé de parcourir les vignobles de la France et de l'Italie; il visita, d'après ses
rapports, dix départements viticoles en France, et je ne
sais quelle étendue de vignobles en Italie. Que décou-

vrit-il ? rien qui pût jeter quelque jour sur l'importante question de l'*oïdium*.

Quintilien voulant donner à entendre que les savants peuvent se tromper, a dit : *summi sunt homines tamen :* ils sont grands, mais ils sont hommes.

Ce n'est pas pour la première fois qu'un seul homme découvre ce qui passe inaperçu aux yeux de milliers d'autres hommes: en effet, *si licet parvis componore magna,* s'il est permis de comparer les grandes choses aux petites, le célèbre Christophe Colomb comptait sans doute parmi ses contemporains des hommes plus instruits que lui, et pour le moins aussi savants que lui en géographie. Cependant sur une partie du globe où tous les géographes ne voyaient qu'un océan immense, il voit un vaste continent; dont sa persévérance, fruit de sa profonde conviction, a doté l'ancien Monde.

Je termine en disant ; Si l'on pense aux dures privations imposées pendant plus de quinze ans aux nombreux habitants des pays viticoles; si l'on pense aux pertes presque incalculables que la viticulture a éprouvées pendant ce même laps de temps, on n'hésitera pas à recourir à un moyen quelconque mais sûr, de transmettre à la postérité des procédés curatifs, dont l'infaillibilité est constatée par l'expérience et par la nature elle-même. Je ne parle pas de l'élan que pourrait donner une pareille publicité, à la noble vertu de l'émulation, à laquelle les sciences et les arts doivent tant de progrès et tant de découvertes.

J'ajouterai encore que ce serait une erreur de croire que je suis fier et glorieux de cette étonnante découverte ; je sais quelle modeste part de mérite il m'en revient ; je ne suis ici que le modeste interprète de la nature. L'épigraphe que j'ai mise en tête de cet opuscule donnera la mesure de mes sentiments à cet égard.

SÉRIE DE QUESTIONS

Prises dans la nature et qui sont l'expression des différentes phases par lesquelles passent le raisin et l'*oïdium*.

Ces questions ne peuvent être résolues que par le phénomène naturel que j'ai découvert ;

La solution de la première question dévoile ce phénomène ;

C'est donc de la solution de la première question que dépend la solution de toutes les autres.

QUESTIONS

1º Comment se fait-il que sur un raisin fortement attaqué de l'oïdium, plusieurs grains de ce même raisin groupés sur un même point ont été dépouillés de la matière qui les couvrait, ont acquis le volume ordinaire de leur espèce, et sont arrivés limpides et vermeils à maturité complète, tandis que tous les autres grains de ce même raisin se sont crevassés, ont pourri et se sont desséchés ?

2º Pourquoi les raisins attaqués de l'oïdium, alors qu'ils sont gros comme une vesce, atteignent-ils sans secours et toujours couverts de l'oïdium, le volume d'un gros pois ?

3º Pourquoi les raisins ayant acquis le volume d'un gros pois et entièrement développés dans les réseaux de l'oïdium ne grossissent-ils plus ?

4° Pourquoi les branches de la vigne, les rafles des raisins, quoique enveloppés de l'oïdium pendant toute la saison d'été et sur tous les points de leur surface, ne subissent-elles aucune altération notable et conservent toute leur vigueur, puisqu'elles ne cessent pas de communiquer au fruit le suc qui les nourrit ?

5° Comment, dans l'hypothèse de l'existence d'un cryptogame, expliquera-t-on l'effet de ce parasite, à qui quinze ou vingt jours, suivant la température, suffisent pour arrêter le développement de ce fruit, et qui, à partir de cette époque, séjourne encore trois mois et demi sur ce fruit sans causer la moindre détérioration ?

6° Pourquoi les raisins portés par des branches qui rampent à terre sont exempts de l'oïdium ?

7° Pourquoi dans un champ de vigne ou ailleurs, de deux ceps placés l'un à côté de l'autre, l'un est attaqué de l'oïdium dix ou quinze jours avant l'autre ?

8° Quel est l'effet que l'opération du brossage produit sur l'oïdium et l'effet produit par la fleur du soufre ?

9° Quelles conséquences peut-on tirer des trois principales phases de l'oïdium qui consistent : 1° En ce que les molécules de l'oïdium sont parfaitement égales entre elles ; 2° Que ces molécules laissent entre elles des interstices parfaitement égaux ; 3° enfin que ces molécules se manifestent en même temps sur toutes les parties du produit attaqué ?

10° Quelle est la cause du crevassement des raisins ?

PREMIÈRE PARTIE

LE CATÉCHISME DE L'OÏDIUM

PAR DEMANDES ET PAR RÉPONSES

NOTIONS GÉNÉRALES

D. — Qu'est-ce que l'oïdium ?

R. — On a donné ce nom à une maladie de la vigne, qui a ravagé les vignobles de l'Europe et de l'Afrique depuis 1845 jusqu'en 1862.

D. — Cette maladie était-elle connue ?

R. — Les siècles passés ne nous ont rien transmis à cet égard. Nous avons appris seulement que, vers la fin du premier siècle de notre ère, sous le règne de l'empereur Trajan, les vignobles de l'Italie furent attaqués de cette maladie, ce dont Pline le jeune a fait mention.

D. — D'où lui vient donc ce nom d'oïdium ?

R. — On prétend que le nom d'oïdium a été donné à cette maladie par un savant agronome anglais.

D. — Quels sont les symptômes de cette maladie ?

R. — Les raisins attaqués de l'oïdium se couvrent

insensiblement d'une poussière assez blanche d'abord, et qui prend peu-à-peu une teinte cendrée.

D. — Dans quelle contrée l'oïdium fit-il sa première apparition ?

R. — Cette maladie fit sa première apparition dans quelques serres de Paris.

D. — Quelle fut la contenance des savants et des viticulteurs à l'aspect de cet état anormal de la vigne ?

R. — Les savants se livrèrent immédiatement à l'observation. Les viticulteurs furent d'abord dans l'anxiété ; mais à la vue des progrès rapides que fit cette maladie, ils furent, ainsi que toutes les populations, non moins consternés qu'ils l'eussent été à l'approche d'une armée de Vandales, laissant derrière eux la dévastation et la ruine.

D. — Quel est l'aspect des vignobles en temps d'oïdium ?

R. — A dater du jour où la vigne a été taillée jusqu'après la floraison des raisins, nul ne se douterait que cette plante précieuse est dans un état anormal.

Au printemps, la vigne pleure. Ses pleurs sont abondants, limpides et purs. Les bourgeons se développent naturellement et donnent une végétation luxuriante en branches, en feuilles et en fruits ; mais quelques jours après la floraison des raisins, l'oïdium envahit tous ces produits.

D. — L'oïdium n'offre-t-il pas des nuances dignes de remarque, suivant le produit qu'il attaque ?

R. — Sur le raisin, il apparaît sous la forme de molécules, qu'on ne peut voir d'abord qu'à l'aide d'un microscope. Comme ces molécules grossissent insensiblement, elles deviennent visibles à l'œil nu, et elles finissent par former comme une croûte qui recouvre toutes les parties de ce fruit. Sur les fibres corticales, il apparaît d'abord sous la forme de molécules, mais au fur et à mesure que les fibres se durcissent, l'oïdium s'identifie avec elle, comme le ferait un corps gras, et leur donne une teinte obscure.

La rafle des raisins présente un tout autre aspect. Ici, l'oïdium reste à l'état de molécules. Les fibres corticales conservent leur couleur naturelle ; mais — chose digne de remarque — si l'on replie la rafle d'un raisin sur elle-même, il se produit un frôlement à peu près semblable à celui d'une mousseline fortement gommée qu'on froisserait dans la main.

D. — Cette méthode a-t-elle une marche uniforme, ou bien offre-t-elle des variétés dignes d'observations ?

R. — L'oïdium offre trois phénomènes, dont deux ont été vus par tous les observateurs ; le troisième, qui est le résultat de ma découverte, donne la clef des deux premiers. C'est lui qui explique toutes les phases par lesquelles passent l'oïdium et les produits qui en sont attaqués.

D. — L'oïdium s'étend-il par degrés sur toute la surface du produit attaqué ou bien sur un seul point ?

R. — Une chose qui doit être observée et qui fournit des arguments invincibles, c'est que les molécules que nous appelons oïdium se manifestent en même temps sur tout le produit attaqué ; que ces molécules laissent entre elles des interstices parfaitement égaux.

D. — Cette calamité publique attire-t-elle l'attention du gouvernement ?

R. — Oui, le gouvernement français, dans sa haute sollicitude pour les intérêts viticoles si sérieusement compromis, fit savoir qu'une grande récompense serait accordée à celui qui découvrirait un remède préventif ou curatif contre la maladie de la vigne appelée oïdium.

D'autres gouvernements, des sociétés d'agriculture et quelques villes suivirent cet exemple.

NOTA. — Dans les chapitres qui vont suivre, l'auteur de cet opuscule répondra directement aux questions proposées. Il fera l'exposé des phénomènes et des phases que présente l'oïdium, il fera connaître la cause de ces phénomènes et de ces phases.

Les arguments sur lesquels reposera sa théorie seront la conséquence de la découverte d'un phénomène naturel qui lui appartient exclusivement et qui donne un démenti à toute autre théorie. C'est dire que, mettant de côté toute hypothèse, il n'aura recours qu'à la logique des faits, qui est irrécusable.

CHAPITRE Ier.

Des phénomènes, des phases de l'oïdium, et particulièrement de ma découverte.

D. — L'oïdium ne présente-t-il pas dans son développement et dans les effets qu'il produit des particularités qu'il est à propos de remarquer ?

R. — Oui. L'oïdium offre quelques phénomènes et des phases qui ont été remarqués par les observateurs les plus attentifs et auxquels ils ont causé autant de surprise que d'admiration.

D. — Veuillez nous faire connaître ces phénomènes et ces phases.

R. — Comme tous les accidents, toutes les phases

que présente l'oïdium peuvent être résolues par un seul
fait qui n'est autre que ma découverte, je n'aurai recours
qu'au phénomène qui constitue cette même découverte.

D. — En quoi consiste cette découverte ?

R. — En temps d'oïdium, on rencontre çà et là dans
les champs de vignes, sur des grappes entièrement desséchées, deux, trois, quatre grains de raisin aussi beaux,
aussi limpides, aussi vermeils que dans les années les
plus prospères et groupés sur un même point.

Lors de ma première excursion dans les champs de
vignes (septembre 1851), je fus vivement frappé de ce
phénomène.

D. — A quelle époque connûtes-vous la cause de ce
phénomène ?

R. — Ce fut dans la dernière quinzaine du mois de
juillet 1853, après deux ans environ d'observations, de
recherches et d'expériences.

D. — Veuillez nous dire quelle est la cause de la
conservation des grains de raisin dont vous nous avez
parlé ci-dessus?

R. — Ces grains de raisins parfaitement conservés
sur des grappes entièrement desséchées, doivent leur
conservation au frottement d'une feuille de vigne. Voici
le fait :

Lorsque en temps d'oïdium le vent agite les feuilles
de la vigne, il arrive qu'un raisin placé à portée d'une
feuille éprouve un frottement sur quelques-uns des
grains qu'il porte. Par suite de ce frottement, une petite
partie de la matière que nous appelons oïdium est enlevée de dessus ces grains, qui sont immédiatement rendus
à la vie, et reprennent leur développement. Puis par
suite de ce développement, les trois quarts de la matière

qui les couvre se fendillent, tombent, et ces grains arrivent à une maturité parfaite.

D. — Dites-nous pourquoi ces grains ne sont frottés que sur un point.

R. — Il n'en peut être autrement attendu la forme sphérique des grains de raisin.

D. — Ce phénomène se rencontre-t-il fréquemment dans les champs de vignes ?

R. — On comprend qu'il ne doit pas être très-commun, car il faut une entente de situation entre le vent, la feuille et le raisin qui concourent à le produire.

D. — Vous prétendez qu'à l'aide de cette découverte on peut résoudre tous les accidents, toutes les phases de l'oïdium. Veuillez d'abord nous faire connaître ces accidents et ces phases.

R. — Dans la réponse que je ferai ci-après à cette question, j'irai plus loin encore. Ma découverte prouve de plus, quelle est la nature de l'oïdium, pourquoi le raisin, quoique attaqué de l'oïdium, atteint le volume d'un gros pois, pourquoi arrivé à cette phase le raisin cesse de grossir ; pourquoi les raisins qui tiennent à des branches rampant à terre sont exempts de l'oïdium ; pourquoi dans un champ de vignes un cep est attaqué de l'oïdium, tandis qu'un autre cep placé près de lui ne le sera que dix ou même quinze jours plus tard.

Je prouverai que l'oïdium est une matière inoffensive de sa nature. Je prouverai enfin que le raisin ne périt que parce qu'il est privé de l'air et de la lumière nécessaire à la vie des êtres.

CHAPITRE II

La matière appelée oïdium n'est autre chose que le produit de la sève.

D. — A quoi attribuez-vous le dépérissement des raisins ?

R. — J'attribue le dépérissement des raisins à un état anormal de la sève.

D. — Quelle est la cause de cet état anormal de la sève ?

R. — Il en est de cette question, s'il est permis de faire un tel rapprochement, comme de la question de l'existence de Dieu. Elle ne peut être prouvée *à priori*, mais les preuves *à posteriori* sont nombreuses et irré-cusables.

D. — Faites-nous connaître ces preuves ?

R. — En voici plusieurs. Elles sont toutes prises dans la nature. D'après les lois de la nature concernant la propagation des êtres, il y a toujours un temps d'arrêt entre la production et la reproduction. Or, il a été reconnu par tous les savants agronomes, par tous les observateurs, que la production de l'oïdium est incessante à partir du moment de sa manifestation jusqu'au jour où la vigne cesse de végéter. Cette vérité est confirmée par l'observation et par l'expérience.

Deuxième preuve. Les vignes portent différentes qualités de raisin. Parmi ceux-ci, il en est qui sont précoces, et d'autres tardifs. Les uns ont une pellicule fine, d'autres ont une pellicule forte. Il est incontestable que les raisins précoces et ceux à pellicule fine sont plus tôt attaqués de l'oïdium que les raisins tardifs et à pellicule forte. Quelle autre matière que la sève, quels corps étrangers pourraient produire un tel effet.

Troisième preuve. Je trouve la troisième preuve dans la conservation des raisins pendants à des branches qui rampent à terre. Ces raisins couchés sur la terre doivent leur conservation à la terre elle-même, qui s'oppose à l'expansion de la sève.

Les regains de raisins (j'appelle ainsi les petites grappes de raisin qui viennent dans l'arrière-saison et arrivent rarement à une maturité parfaite) les regains de raisins, dis-je, ne sont point ou presque point attaqués de l'oïdium. C'est que, à l'époque de la fructification de ces grappes, la sève de la vigne ne bondit plus dans ses canaux comme dans les premiers mois de la germination.

Les effets naturels que j'invoque ici et qui sont comme une révélation, car il ne s'est trouvé personne parmi tant de savants et d'observateurs qui en ait tenu compte; ces effets, dis-je, prouvent de la manière la plus évidente que la matière appelée oïdium ne peut être que le produit de la sève.

Voilà pourquoi je me borne à les indiquer ici. J'y reviendrai dans les chapitres suivants.

CHAPITRE III

Des phases par lesquelles passent le raisin et l'oïdium, et des preuves qu'elles fournissent.

D. — Quelle distinction faites-vous entre les phases par lesquelles passe le raisin et celle que subit l'oïdium ?

R. — Les phases du raisin étant subordonnées aux phases de l'oïdium, et *vice versâ*, je parlerai des unes et des autres sans faire aucune distinction entr'elles.

D. — Quelles sont les principales phases que vous avez à nous signaler ?

R. — Lorsque l'oïdium est visible à l'œil nu, il apparaît sur le raisin sous la forme de molécules fort régulières laissant entre elles des interstices parfaitement égaux.

D. — Qu'offre de remarquable cette première phase ?

R. — Durant cette phase, le raisin, quoique sous l'influence de l'oïdium, ne cesse pas de se développer et atteint le volume d'un gros pois.

D. — Quel est l'état du raisin arrivé à ce degré de développement ?

R. — Arrivé à cette phase, le raisin ne grossit plus. Les molécules qui, insensiblement, ont acquis plus de volume, forment alors comme une croûte qui enveloppe le raisin de toutes parts.

D. — Ces phases ont-elles été remarquées ?

R. — J'ai lieu de croire qu'elles ont été remarquées par quelques observateurs, qui cependant n'en ont pas connu la cause. Je dirai à la fin de ce chapitre sur quoi est fondée cette croyance.

D. — Ces phases ont-elles de l'importance ?

R. — L'importance de ces phases est telle que, la cause qui les produit étant connue, le problème de l'oïdium est résolu.

D. — Quelqu'un a-t-il trouvé la solution de ces phases ?

R. — Je répondrai sans prétention comme sans orgueil que j'en ai trouvé la solution dans la découverte que j'ai faite, et que, sans cette découverte, ces phases fussent restées insolubles.

D. — Veuillez donc nous faire connaître pourquoi le raisin se développe jusqu'au volume d'un gros pois et pourquoi il se trouve alors arrêté dans son développement.

R. — Avant ma découverte, mon attention s'était portée sur ces deux phases importantes sans pouvoir en découvrir la cause; mais lorsque j'eus découvert le frottement qu'une feuille de vigne agitée par le vent exerce sur le raisin et l'effet qu'il produit, je me dis : puisque des grains de raisin dégagés sur un point de la matière qui les couvre, reprennent instantanément leur développement, quoique les deux tiers de la matière appelée oïdium séjournent encore bien des jours sur ces grains, je suis en droit de conclure que le raisin doit continuer à grossir tant que l'oïdium laisse des interstices entre ses molécules et qu'il doit en arrêter le développement dès que ces molécules ont entièrement envahi la surface des grains.

Qu'on veuille bien me permettre, dans une question aussi importante, de résumer les faits et de faire appel à toute la sévérité, mais en même temps à toute l'impartialité de quiconque sera appelé à porter un jugement sur la conclusion que j'en tire. J'ai dit plus haut que la solution de ces phases résout le problème de l'oïdium.

En effet, tant que l'oïdium est à l'état de molécules et laisse des interstices entre ces molécules, le raisin continue à grossir. Dès que l'oïdium forme sur toute la surface du raisin une enveloppe compacte et continue, ce fruit cesse de grossir et il n'arrivera pas à maturité.

Mais si, arrivé à cette phase, une cause quelconque dégage le raisin en tout ou en partie de la matière qui le couvre, ce fruit reprend aussitôt son développement.

Qui ne conviendra donc avec moi que le raisin ne périt que parce qu'il est privé de l'air et de la lumière, puisque d'un côté, ce fruit grossit tant que l'air et la lumière peuvent arriver jusqu'à lui à travers les interstices que laisse l'oïdium ; que de l'autre, il cesse de grossir dès que l'oïdium forme sur ce fruit une matière compacte et continue ; et qu'enfin il revient à la vie dès qu'il est dégagé de cette matière même sur un seul point ?

Qui ne conviendra encore que l'oïdium ne produit qu'un seul effet sur le raisin, celui d'en arrêter le développement en le privant des influences de l'air et de la lumière nécessaires au développement et à la vie des êtres.

D. — Vous supposez donc que l'oïdium est inoffensif de sa nature ?

R. — L'innocuité de l'oïdium est une vérité incontestable. J'en fournirai les preuves dans le chapitre suivant.

D. — Vous avez promis ci-dessus de nous dire quel

motif vous portait à croire que des observateurs ont remarqué les phases dont vous avez parlé.

R. — En 1854, vers le mois de juin, je fis une excursion dans le département du Gard. Passant près d'Uzès, j'allai faire une visite au curé de cette localité, qui, disait-on, s'était livré avec enthousiasme à la recherche d'un remède contre l'oïdium. Je le trouvai dans son petit jardin en compagnie de ses espaliers et de ses treilles.

Après les saluts d'usage et un court entretien sur la maladie de la vigne et sur les résultats étonnants que j'avais obtenus dans le traitement de l'oïdium, M. le curé m'invita à entrer dans un salon qui s'ouvrait sur le jardin. Quand nous fûmes assis, il fit passer sous mes yeux plusieurs feuilles volantes représentant chacune une phase de l'oïdium. Je jugeai que ces dessins avaient été faits par une main exercée, car ces phases que je connaissais, étaient fidèlement reproduites. Après un examen attentif de chaque phase, j'avais soin de demander à M. le curé s'il en connaissait la cause. Sa réponse était toujours négative.

Enfin nous arrivâmes à l'examen d'une feuille représentant comme toutes les autres feuilles un raisin desséché, mais sur lequel on voyait quatre grains parfaitement conservés et arrivés à maturité complète. Je m'empressai de demander au prêtre s'il savait à quelle cause était due la conservation de ces grains. — « Qui voulez-vous qui sache cela, répondit-il, il n'y a que Dieu qui puisse le savoir. Je lui dis alors : Je sais pourquoi ces grains sont conservés, et c'est mon secret. — Si vous savez cela, répliqua-t-il, vous savez tout. — Je n'ai point cette prétention, lui répondis-je, **mais je sais bien des choses à cet égard** ».

A partir de cet instant, M. le curé me pria, me conjura de lui dévoiler mon secret. Je me refusai de le satisfaire sur ce point et nous nous séparâmes enfin fort peu satisfaits, M. le curé, de mon obstination, et moi de ses trop vives instances.

CHAPITRE IV

De l'innocuité de l'oïdium.

D. — Peut-on raisonnablement soutenir que l'oïdium est inoffensif de sa nature ?

R. — Cette proposition : *L'oïdium est inoffensif de sa nature*, est vraie dans toute la signification des mots.

D. — Que dire alors de l'état du bois de la vigne noirci par la maladie, de l'état des rafles et des raisins couverts de l'oïdium ?

R. — L'aspect de ces produits sembla justifier l'opinion généralement admise que la matière qui couvre ces produits est nuisible de sa nature. Mais cette assertion n'a pu paraître une vérité qu'aux yeux des observateurs peu attentifs.

D. — Cette dernière affirmation est-elle bien fondée ?

R. — L'oïdium n'occupe que la superficie des produits envahis. Il ne détruit rien, il n'exerce pas même de détérioriation proprement dite sur les parties qu'il occupe. L'aubier du bois reste parfaitement intact, quoique les fibres corticales y adhèrent fortement.

Les canaux des rafles conducteurs de la sève ne souffrent pas la moindre altération, puisque la végétation des produits n'est nullement interrompue, et le seul effet à remarquer consiste dans une sorte de raideur qui n'a aucune conséquence fâcheuse. Quant au raisin, à dater de l'époque où il est attaqué de l'oïdium jusqu'après le crevassement, il n'offre aucune altération ni dans sa pulpe, ni dans ses graines, ni sur sa pellicule.

D. — Cependant ça été une opinion généralement admise que l'oïdium enlève à la pellicule du raisin toute son élasticité ?

R. — Je vais prouver que cette proposition, *l'oïdium enlève à la pellicule du raisin toute son élasticité*, est une assertion toute gratuite et ne repose que sur des apparences trompeuses.

Mes preuves reposent sur la logique des faits, qui est invincible, et sur l'autorité de la science. Elles serviront à convaincre tout lecteur impartial et à lui faire admettre la vérité de cette proposition : l'oïdium est inoffensif de sa nature. Entr'autres preuves, j'en donnerai que deux, mais fort concluantes ; les voici : Le phénomène naturel que j'ai découvert nous montre un raisin desséché sur un point duquel on voit plusieurs grains aussi beaux, aussi limpides, aussi vermeils que dans les années les plus prospères.

Ce petit groupe de grains de raisin doit sa conservation au phénomène produit par le frottement d'une feuille de vigne agitée par le vent. Au moment où ces grains ont été dégagés sur un point de la matière qui les couvrait, ils ont repris leur développement, quoique les deux tiers de la pellicule restassent couverts de l'oïdium. Eh bien, la nature et l'expérience nous ont prouvé que les deux tiers de la matière restante sur les grains de raisin en question se fendillent, tombent au fur et à mesure que ces mêmes grains reprennent leur développement et arrivent à une maturité parfaite. Quel homme pourrait affirmer qu'une matière est nuisible de sa nature, lorsqu'après avoir enveloppé pendant trois à quatre mois un fruit et avoir arrêté le développement de ce fruit, elle se fendille tout à coup et tombe dilatée par le grossissement de ce fruit, qu'une cause quelconque a dégagé sur un point de la matière qui le couvrait? Qu'on examine et qu'on juge.

Voici une autre preuve de l'innocuité de l'oïdium et qui donne un démenti formel à cette assertion :

L'oïdium enlève l'élasticité à la pellicule du raisin.

J'aurai recours ici à ce qui est dit dans le second rapport de la commission déléguée, sur l'invitation de M. le Préfet, par la société départementale d'Agriculture des Bouches-du-Rhône.

Le 7 septembre 1853, cette commission vint visiter mes raisins opérés. Fort surprise des résultats étonnants que j'avais obtenus, mais ignorant le moyen que j'avais employé et désirant se convaincre, elle me désigna un rayon de vigne, m'invita à en guérir les raisins dont bien des grains étaient déjà crevassés, et elle s'ajourna au 19 du même mois de septembre pour apprécier les résultats de mon opération. Voici comment elle s'exprime dans son second rapport à l'égard de ce fait :

« En continuation de la mission dont nous sommes chargés, cejourd'hui 19 octobre 1853, nous, membres de la commission ci-devant instituée, à laquelle est venu s'adjoindre, sur notre demande, M. Barthélemy Lapommeraye, vice-président de la société, nous nous sommes de nouveau transportés à la vigne de M. Catany ; nous y avons examiné attentivement les **dix-sept ceps** désignés dans notre précédent rapport, et sur lesquels M. Catany a appliqué son traitement le 8 de ce mois.

« Au premier coup d'œil, nous avons reconnu que sur tous ces ceps, sans exception, les raisins qu'ils portent ont été ramenés à des conditions plus ou moins satisfaisantes, suivant le degré auquel la maladie était parvenue sur chacun, et que la grappe qui n'a pas été opérée est restée dans son premier état. Dans toutes les grappes qui ont reçu l'opération, les grains entièrement desséchés, frappés de mort, n'ont subi aucun changement, mais ceux qui conservaient un peu de vie ont pris un tout autre aspect : ils ont acquis le volume ordinaire de leur espèce, ils sont vivement colorés, luisants comme le verre le plus poli, et il paraît que rien ne peut les empêcher de parvenir à complète maturité ».

Après les preuves péremptoires que je viens de donner, après le témoignage rendu à la vérité par des hommes qui n'avaient en vue que l'intérêt public, par des membres d'une société honorable et très-compétente en la matière ; qui pourrait soutenir encore que l'oïdium atrophie, corrode et détruit le raisin ? qu'il enlève toute élasticité à la pellicule de ce fruit ?

Qui pourrait ne pas reconnaître l'infaillibilité de mon procédé, qui n'est qu'une imitation fidèle de la nature ? Ce serait repousser l'évidence.

Il est bien vrai de dire que l'oïdium a causé des pertes immenses à la viticulture, mais il est bien reconnu aujourd'hui, grâce au phénomène naturel qui m'a été dévoilé, que l'oïdium est une matière inerte, inoffensive de sa nature, un simple accident, et que, si dans l'avenir il faisait une nouvelle apparition, on trouverait dans ma découverte le moyen d'en arrêter les suites funestes.

D. — La science s'est-elle prononcée à l'égard de cette question ?

R. — Dans la série des questions sur l'oïdium dont en 1862 je proposai la solution à la société départementale d'Agriculture de Marseille, et qui ont fait la matière de mon opuscule portant pour titre : Dissertation intéressante sur la maladie de la vigne, voici comment cette société s'exprima : « L'oïdium, ainsi que le dit M. Catany, est inoffensif de sa nature. »

On peut bien dire que c'est là une concession faite à l'évidence. En effet, voici des grappes de raisin dont les grains sont depuis plus de trois mois enveloppés dans les réseaux de l'oïdium ; plusieurs de ces grains sont crevassés, les autres sont sur le point de l'être. On dépouille ces derniers de la matière qui les couvre, ils sont instantanément rendus à la vie ; dans une douzaine de jours ils acquièrent le volume ordinaire de leur espèce, se colorent et arrivent à maturité.

Qui pourrait, après un tel fait, soutenir que l'odium atrophie, corrode et détruit les raisins, qu'il enlève l'élasticité à la pellicule de ce fruit et que l'opération du brossage n'est pas infaillible ?

CHAPITRE V

Des procédés propres à combattre l'oïdium

D. — Connaît-on quelque procédé contre la maladie de la vigne appelée oïdium ?

R. — Deux procédés infaillibles ont été découverts par moi contre cette maladie.

D. — Veuillez nous les faire connaître.

R. — Le premier est un procédé mécanique. Il consiste à enlever de dessus le raisin la matière qui le couvre, à l'aide d'un pinceau très-doux.

Le second consiste dans l'application du soufre faite sur la pellicule du raisin avant l'apparition de l'oïdium.

Nous ne parlerons que du premier dans ce chapitre.

D. — Vous dites que ces procédés sont infaillibles ; comment le prouvez-vous ?

R. — L'infaillibilité de ces deux procédés n'a pu être contestée, car ils sont pris tous deux dans la nature.

D. — Voudriez-vous entrer dans quelques détails à cet égard.

R. — Lorsque j'eus découvert l'effet qu'une feuille de vigne agitée par le vent produit sur le raisin, je me dis naturellement : Puisqu'il suffit, pour conserver le raisin attaqué de l'oïdium, pour le rappeler à la vie et le faire arriver à une maturité parfaite, qu'une feuille de vigne agitée par le vent enlève une partie de la matière qui le couvre, je dois obtenir cet heureux résultat en le dégageant entièrement de cette même matière à l'aide d'une brosse. Ce procédé résultant d'un fait naturel qui ne peut être contesté, doit donc être regardé comme infaillible.

D. — Ce procédé a-t-il été expérimenté ?

R. — On trouvera au commencement de ce caté-chisme, l'exposé des circonstances dans lesquelles fut faite ma découverte.

Je me bornerai à dire ici que j'appliquai sur les raisins le procédé du brossage avec un succès complet ; que ces succès furent constatés par trois rapports d'une commis-mission déléguée, sur l'invitation de M. le Préfet, par la société départementale des Bouches-du-Rhône ; que cette société déploya un zèle digne d'éloges pour tout ce qui pourrait garantir la certitude des faits. Il suffira de lire ces rapports qui sont au commencement de ce caté-chisme pour être convaincu de ce que j'avance.

D. — La société d'Agriculture connaissait-elle cette découverte, lorsqu'elle constata les résultats obtenus par votre procédé ?

R. — Non. Ma découverte fut pour moi un secret que je m'obstinai à ne point dévoiler à cause de sa simplicité. Il se fût trouvé bien des observateurs qui eussent cru l'avoir vu, tant il est simple et naturel. Faite en 1853, ma découverte ne fut dévoilée qu'en 1854, dans une notice, imprimée et livrée à la publicité.

D. — Que fit alors la société d'Agriculture de Marseille ?

R. — Cette société qui avait fait les rapports les plus concluants sur les succès que j'avais obtenus ; qui avait reçu maintes et maintes fois des spécimens des raisins guéris par mon procédé ;

Cette société qui m'avait accueilli tant de fois dans son sein avec enthousiasme ; qui avait envoyé à M. le

4

ministre de l'Agriculture une caisse renfermant une
dizaine de litres de vin et deux flacons d'eau de vie
provenant, la moitié de raisins guéris par mon procédé,
et l'autre moitié de raisins exempts de la maladie ; cette
société, dis-je, s'imposa un silence absolu sur ma découverte, au lieu de me prêter son concours auprès de
l'autorité supérieure.

D. — Quels furent les résultats du silence que la
société d'agriculture garda à l'égard de votre découverte ?

R. — Il est à propos de dire ici que le patronage de
la société d'agriculture était absolument nécessaire à
ma découverte, quoique cette découverte reposât sur un
phénomène naturel incontestable ; quoique les résultats
obtenus eussent été constatés par les rapports des hommes compétents.

La raison en est que toutes les années, à l'époque de
la fructification des vignes, on publiait dans les journaux plusieurs procédés nouveaux, sans garantie comme
sans valeur. Cet état de chose, inspirait naturellement
la défiance.

D. — Votre procédé du brossage ne fut donc pas
employé ?

R. — Le procédé du brossage, étant l'imitation de la
nature, ne pouvait être contesté, aussi fût-il approuvé
par tous les observateurs. Quelques-uns l'employèrent
avec succès, mais le plus grand nombre des propriétaires continuèrent à employer le soufre, que les sociétés
d'agriculture s'obstinèrent à recommander comme
moyen curatif, quoique depuis huit à neuf ans qu'on
l'employait, il n'eût donné que quelques faibles résultats.

Dans le chapitre suivant, où je traite de la fleur de
soufre, je dirai pourquoi, dans un champ de vignes dont

tous les raisins avaient été soufrés avec soin, une très-faible partie arrivait à maturité, tandis que tous les autres raisins pourrissaient et se desséchaient. J'ai lieu de croire qu'on sera également satisfait et surpris de la cause à laquelle est dû un tel effet.

CHAPITRE VI

De l'effet que la fleur de soufre produit sur l'oïdium.

D. — Dans le nombre presque infini des procédés qui furent employés contre l'oïdium, n'y en eut-il pas un qui fut particulièrement recommandé et employé?

R. — Oui. Dès 1846 on employa la fleur de soufre et peu après des agronomes affirmèrent que ce métal guérissait l'oïdium. Inutile de dire qu'en présence d'une calamité publique, tous les propriétaires grands et petits s'empressèrent d'employer ce procédé que l'on disait infaillible.

D. — Le succès répondit-il aux espérances qu'on en avait conçues ?

R. — Non. Les résultats furent si peu satisfaisants qu'un grand nombre de propriétaires renoncèrent à ce moyen de guérison et abandonnèrent le raisin à la maladie.

D. — Cet exemple de découragement se propagera-t-il ?

R. — La parole autorisée des hommes compétents fut particulièrement entendue par les grands propriétaires

de vignes, qui, dans l'impuissance de faire mieux, continuèrent à employer la fleur de soufre et finirent par
s'apercevoir que, grâce à cette opération, ils obtenaient
quelques faibles résultats, mais sans pouvoir se rendre
compte des heureux résultats obtenus.

D. - - N'était-on pas en droit d'affirmer que les bons
effets produits par la fleur de soufre étaient parfaitement
connus ?

R. — Que l'on veuille bien me permettre d'exprimer
ainsi ma pensée.

Quelques années après l'apparition de l'oïdium, alors
que l'on avait eu le temps de se livrer à de sérieuses
observations et à de nombreuses expériences, l'opinion
généralement admise, de l'existence d'un cryptogame,
dût être fortement ébranlée. Tous les ans, la vigne
poussait comme par le passé, elle se couvrait de branches et de feuilles, et elle se chargeait de fruits, comme
dans les années les plus prospères ; peu après, l'oïdium
reparaissait, on se livrait de nouveau à l'observation et
à l'expérience, et, quand l'époque de la maturité ordinaire des raisins était arrivée, on s'apercevait que rien
de nouveau n'avait surgi et qu'on était toujours au
point de départ ; c'étaient toujours les mêmes résultats
à signaler. Les grains de raisin avaient acquis un
certain développement dans les premiers temps de la
fructification, le fruit de la vigne et l'oïdium présentaient le même aspect et avaient parcouru les mêmes
phases ; l'on ne pouvait signaler aucune détérioration,
proprement dite ; la matière appelée oïdium n'occupait
que la superficie des produits, la pulpe, les graines et la
pellicule des raisins, ainsi que l'aubier du bois, étaient
intacts.

Oh ! oui, je suis convaincu de ce que je vais dire : A

l'époque où l'oïdium comptait six à sept ans d'existence,
on aurait bien voulu avouer qu'on s'était trompé, mais
il eût fallu pouvoir racheter cet aveu par quelques
découvertes plus fondées. Dans l'impuissance de le
faire, on persista dans la croyance du cryptogame et
l'on continua à patronner la fleur de soufre, que, depuis
plusieurs années, on employait sans résultats. En effet,
si l'on avait cru et si l'expérience avait prouvé que la
fleur de soufre guérissait l'oïdium, pourquoi, dès l'instant que cette maladie envahissait une nouvelle
contrée, des milliers d'hommes de toutes les classes se
transportaient-ils dans les champs de vignes et se li-
vraient-ils immédiatement à des expériences ? pourquoi
moi-même, sept ans après la manifestation de l'oïdium
et deux ans après son apparition dans notre contrée, je
veux dire, après que tous les moyens semblaient avoir
été épuisés, pourquoi, moi-même, me serais-je livré à
tant de recherches, à tant d'expériences, si un remède
contre l'oïdium avait été connu ? D'autre part, que dire
de l'accueil empressé et bienveillant que M. le préfet
des Bouches-du-Rhône fit au renseignement que je lui
donnai sur ma découverte ? que dire encore du zèle, du
dévouement que déploya la société d'agriculture de
Marseille dans l'examen des heureux résultats que
j'avais obtenus ? Je dirai encore : Pourquoi les populations viticoles auraient-elles journellement attendu
avec une fiévreuse impatience l'arrivée des journaux,
dans l'espérance de trouver quelque procédé propre à
combattre l'oïdium ?

Pourquoi encore, en 1854, M. le ministre aurait-il
chargé M. Rendu, inspecteur de l'agriculture, de visiter
une grande partie des vignobles de la France et de
l'Italie, si, comme nous l'avons dit plus haut, la fleur

de soufre avait véritablement produit quelque effet connu dans l'application que l'on en faisait alors ?

Je terminerai ma réponse en disant : Si la vraie cause du dépérissement des raisins avait été connue, ainsi que l'effet que la fleur de soufre peut produire sur le raisin, quelqu'un nous aurait appris, ainsi que je puis le faire, pourquoi dans un champ de vignes dont tous les raisins, sans distinction, avaient été soufrés avec le même soin, un petit nombre de ces raisins arrivait à maturité plus ou moins complète, tandis que tous les autres raisins de ce même champ de vigne se crevassaient, se pourrissaient et se desséchaient.

D. — Veuillez donc nous dire pourquoi, dans un champ de vignes dont tous les raisins ont été soufrés avec le même soin, il ne s'en trouve qu'une très-petite quantité qui soit conservée ?

R. — La nature elle-même me fournit la réponse que je vais donner à cette question, qui peut paraître difficile à résoudre. J'ai prouvé ci-devant que l'oïdium est le produit de la sève. Chacun sait que, parmi les raisins, nous en avons qui sont précoces et d'autres tardifs ; que les uns ont une pellicule fine et les autres une pellicule forte ; que les raisins précoces et à pellicule fine sont plutôt attaqués de l'oïdium que les raisins tardifs et à pellicule forte. Ces variétés étant admises : voici un propriétaire qui, dix à douze jours après la floraison des raisins, va visiter son champ de vignes ; il s'aperçoit que la plupart des raisins sont envahis par l'oïdium, il se hâte de mettre ses travailleurs et ses travailleuses en campagne, tous les fruits de ce champ de vignes sont soufrés en même temps et avec le même soin. L'opération du soufrage est renouvelée autant de fois que la température l'exige. Enfin l'époque de la récolte arrive, et le propriétaire voit avec regret et avec surprise qu'un dixième, un quinzième, et quelquefois moins, de sa récolte est conservé, et que tout le reste est désséché.

Pour bien apprécier la cause d'un tel résultat, il est indispensable de faire observer ici que le soufre appliqué sur l'oïdium ne produit aucun effet, mais qu'il conserve le raisin quand il est appliqué sur la pellicule de ce fruit avant l'apparition de l'oïdium, car il n'a ici qu'une seule propriété : c'est celle d'empêcher l'oïdium de ce produire. D'après cette théorie, on comprend sans peine que, si une certaine quantité des raisins dont nous venons de parler ci-dessus sont arrivés à maturité, c'est que ces raisins étant plus tardifs que les autres ont, lors de la première opération du soufrage, reçu le soufre immédiatement sur la pellicule, ce qui en s'opposant à l'expansion de la sève a empêché l'oïdium de se produire.

Ce que je viens de dire repose, comme l'on voit, sur des preuves irrécusables qui ont pour garant la nature et l'expérience.

Je crois devoir faire observer qu'ici comme ailleurs, mes arguments sont pris dans la nature. En effet, la précocité et la tardiveté des raisins, dont personne n'a tenu compte, m'ont aidé à résoudre une question qui, au premier abord, paraît insoluble.

CHAPITRE VII

De l'opinion des agronomes sur la nature de l'oïdium et en particulier du cryptogame.

D. — Quelle fut l'opinion des savants et des agronomes sur la cause du dépérissement des raisins ?

R. — Quelques-uns crurent d'abord que le dépérissement des raisins était dû à des animalcules. Mais ils reconnurent bientôt que cette hypothèse était inadmissible.

D'autres cherchèrent le mal dans le cep, et un petit nombre d'entr'eux persista à croire que là était le siége du mal. Enfin, des voix autorisées firent entendre le mot cryptogame, accompagné de cette définition :

Le cryptogame est un parasite qui se développe, grandit aux dépens des produits de la vigne, les atrophie, les corrode et les détruit.

D. — Qu'arriva-t-il alors ?

R. — Des milliers d'hommes de toutes les classes, de toutes les conditions, adoptèrent cette théorie avec le même empressement qu'un naufragé saisit une épave qui flotte au gré de la tempête.

D. — Quelle fut la cause d'un tel enthousiasme ?

R. — D'un côté, le mot de parasite, animal ou plante, fit concevoir la ferme espérance que la science ou le hasard, comme l'on dit, découvrirait un moyen de le détruire ; de l'autre, l'état des raisins, après le crevassement, semblait justifier la doctrine que l'on venait de proclamer.

C'est ici le cas d'appliquer cet adage : *Decipimur specie recti*. Nous sommes trompés par l'apparence du vrai.

D. — N'est-il pas à croire cependant que cette doctrine fut le résultat d'une observation soutenue et éclairée ?

R. — Il est impossible d'admettre qu'il en ait été ainsi : d'abord, parce que cette doctrine fut admise dès les premières années de l'apparition de l'oïdium ; ensuite parce qu'elle s'est trouvée en contradiction manifeste avec tout ce que l'observation, l'expérience et la nature nous ont appris.

D. — Cependant, ainsi que vous paraissez l'insinuer la définition qu'on donne du cryptogame paraît convenir parfaitement à la chose définie ?

R. — Je veux bien admettre que cette définition convient au parasite qu'on appelle cryptogame. Mais attribuer à la matière qu'on appelle oïdium les propriétés du cryptogame, c'est définir la poudre à poudrer comme on définit la poudre à canon.

Il est de la dernière évidence, comme je l'ai prouvé ci-devant, que l'oïdium est une matière inerte, inoffensive de sa nature et qu'il ne produit qu'un seul effet, celui d'arrêter le développement du raisin ; et, à ces expressions : *corroder, détruire*, j'opposerai un fait qui ne peut être contesté et que j'ai déjà donné en preuve, à savoir que le raisin enveloppé de l'oïdium depuis quatre mois peut être ramené à la vie en le dépouillant de la matière qui le couvre quelques instants avant le crevassement.

D. — La définition du cryptogame ne subit-elle pas quelques variations ?

R. — Oui. Voici ce que des hommes spéciaux et réputés très-compétents en agriculture écrivirent en 1857 :

« Dès que la végétation des vignes est en mouvement, une foule de germes reproducteurs de l'oïdium, transportés par les courants d'air, s'abattent sur les organes verts (de la vigne), en prennent possession, et au bout de quelques jours, la maladie est de nouveau déclarée ».

Je soumets cette hypothèse à l'appréciation de tout homme impartial et qui cherche de bonne foi la vérité. Pour moi, je ne rechercherai pas d'où viennent les germes dont on parle, ni quelle est la plante qui les produit. Je me bornerai à prouver que cette théorie est absurde.

On voudra bien ne pas oublier que nous avons des raisins précoces et des raisins tardifs ; que parmi les premiers, il s'en trouve qui sont mûrs et livrés à la consommation, un mois et même deux mois avant les raisins destinés à la fermentation. Ces vérités admises, voyons s'il est possible de justifier l'hypothèse ci-dessus.

Deux cas se présentent. Ou les germes reproducteurs envahissent en même temps et indistinctement les produits naissants de toutes les vignes, ou ils n'envahissent d'abord que les produits précoces pour envahir plus tard les produits tardifs. Dans le premier cas, je veux dire, si tous les produits sont attaqués à la fois, comment se fait-il que ces germes se développent immédiatement sur les produits précoces et ne se développeraient que douze à quinze jours plus tard sur les autres produits ?

Dans le second cas, je veux dire, si les germes reproducteurs s'abattent d'abord sur les raisins précoces seu-

lement, sera-t-il possible d'expliquer comment il se fait
que des germes reproducteurs emportés par le vent au
travers de vastes champs de vignes ont soin de s'abattre
sur des produits de choix, se réservant d'envahir plus
tard les autres produits.

Je demande si de pareilles hypothèses sont admissibles.

Ce n'est pas tout. Il a été reconnu par tous les observateurs que l'oïdium se reproduit sans relâche ; que
dans l'emploi du soufre, il faut renouveler cet agent
toutes les fois que le vent, la rosée ou la pluie l'ont
enlevé de dessus le raisin pour empêcher que l'oïdium
ne reparaisse. Eh bien ! si, comme disent les hommes
de science, l'oïdium est dû à des germes reproducteurs,
il faudrait supposer que pendant tout le temps de la
fructification des vignes ces germes reproducteurs se
balancent au-dessus de tous les raisins, de toutes les
vignes, attendant le moment favorable pour s'abattre
sur la pellicule des raisins et prendre la place du soufre.

Comme je me propose de porter un dernier coup à
à la théorie du cryptogame et des germes reproducteurs,
j'ajouterai ceci :

Les agronomes ont prétendu encore que le cryptogame
ou les germes reproducteurs sont fortement implantés
sur la pellicule du raisin et y exercent une grande pression. L'action que l'on attribue à ces agents n'est pas
plus fondée que l'hypothèse de leur existence.

D'après ma découverte, un grain de raisin, dégagé
sur un point seulement de la matière qui le couvre,
reprend son développement, quoique les deux tiers de
la surface de ce grain soient encore couverts de l'oïdium.
Si donc l'oïdium exerçait sur le raisin la pression dont
on parle, ce grain de raisin, pressé de toutes parts, à

l'exception du point découvert, ne se développerait que sur ce point seulement et perdrait sa sphéricité.

Je n'insisterai pas davantage sur la doctrine du cryptogame et des germes reproducteurs. Cette doctrine pèche contre la vraisemblance. Elle est restée à son point de départ. Elle a été impuissante à résoudre la plus simple des phases par lesquelles passent le raisin et l'oïdium. Par contre, ma théorie repose sur un phénomène naturel incontestable. Elle s'appuie sur la logique des faits, qui est invincible quand elle a pour auxiliaire l'autorité de la science.

Je terminerai cet article en faisant remarquer que toutes mes preuves sont prises dans la nature, et que toutes se groupent autour de ma découverte comme les poussins d'une même poule se groupent sous l'aile de leur mère et y trouvent la chaleur et la vie.

CHAPITRE VIII

Quel est l'effet que l'opération du brossage produit sur l'oïdium et l'effet produit par la fleur de soufre.

D. — Vous dites dans votre catéchisme que vous avez trouvé dans la nature deux procédés pour combattre l'oïdium : quels sont ces procédés ?

R. — Le phénomène que j'ai découvert m'a indiqué deux procédés infaillibles pour combattre la maladie désastreuse appelée oïdium.

Ces procédés sont le brossage et la fleur de soufre.

D. — En quoi consistent ces procédés ?

R. — Ces procédés consistent : le premier a enlever de dessus les raisins, à l'aide d'un pinceau très-doux, la matière qui couvre ce fruit et qu'on appelle oïdium : le second consiste à appliquer la fleur de soufre sur la pellicule du raisin avant l'apparition de l'oïdium.

D. — Quel est l'effet que chacun de ces procédés produit ?

R. — J'affirme d'abord que ces deux procédés pris dans la nature produisent le même effet sur l'oïdium, quoique en sens inverse.

Je commencerai par parler de l'opération du brossage, qui est la reproduction exacte du phénomène naturel que j'ai découvert, et qui a pour résultat immédiat le développement du raisin et par suite la conservation de ce fruit.

On comprend que le brossage est une opération très-simple, mais le principe sur lequel elle repose lui donne de la grandeur, on en conviendra.

Voici ce qu'une observation soutenue, une étude approfondie de l'oïdium et le phénomène que j'ai découvert m'ont appris :

Dans les premiers temps de la fructification des vignes, l'oïdium apparaît sur le raisin sous la forme de molécules qui sont parfaitement égales entre elles, et qui laissent entre elles des interstices parfaitement égaux. Dans cette première phase, le raisin se développe et atteint le volume d'un gros pois. Comme les molécules dont nous parlons grossissent insensiblement, elles finissent par former sur le raisin une croûte compacte et continue qui enveloppe ce fruit de toute part.

Dans cette seconde phase, le raisin cesse de se déve-

lopper. Si alors une feuille de vigne agitée par le vent
enlève par le frottement une partie de la matière qui
couvre le raisin, ce fruit reprend son développement,
par suite de ce développement, les deux tiers ou les trois
quarts de la matière restante se fendillent peu à peu,
tombent, et le raisin arrive beau et vermeil à une maturité
complète. De ces différentes phases, je conclus : que le
raisin ne périt que parce qu'il est privé des influences
de l'air et de la lumière, nécessaires au développement
et à la vie des êtres.

En effet, tant que l'air et la lumière peuvent arriver
jusqu'aux raisins à travers les interstices que laissent
entre elles ces molécules, ce fruit ne cesse pas de se
développer ; dès que l'oïdium enveloppe le raisin de
toute part, ce fruit ne grossit plus, mais si alors une
cause quelconque le dégage, ne fût-ce que sur un point,
il revient instantanément à la vie et arrive à maturité.
Ce que je viens de dire est d'une logique rigoureuse.

On conclut forcément de ce qui précède que le procédé du brossage n'est pas dû au hasard et qu'il repose
sur ce grand principe : le raisin ne périt que parce qu'il
est privé des influences de l'air et de la lumière. Pour
preuve que c'est là l'effet que le brossage produit à
l'imitation de la nature, il me suffira de rappeler ce qui
est dit dans le second rapport de la Société d'Agriculture de Marseille. Nous lisons dans ce rapport que
le 7 du mois de septembre 1853, la commission déléguée
par la Société d'Agriculture de Marseille m'invita à
appliquer mon procédé sur les raisins de dix-sept ceps
qu'elle me désigna; le lendemain, 8 septembre, je fis
mon opération; le 19 du même mois, la commission à
laquelle s'était joint le vice-président de la Société se
rendit de nouveau sur les lieux pour constater les ré-

sultats de mon opération, et déclara dans son rapport que tous les raisins opérés avaient acquis le volume ordinaire de leur espèce, qu'ils étaient luisants comme du verre, vivement colorés et que rien ne paraissait devoir les empêcher d'arriver à maturité parfaite. Elle ajouta dans son rapport ces paroles remarquables : Le procédé de M. Catany n'est plus un doute pour nous.

De tels résultats obtenus dans le court espace d'environ onze jours sur des raisins qui depuis près de quatre mois étaient sous l'influence de l'oïdium et dont plusieurs grains étaient crevassés, sont un vrai prodige.

Il me reste à prouver que la fleur de soufre produit le même effet que l'opération du brossage. Ici encore la nature me fournit la preuve de ce que j'avance.

Dans mes travaux d'observation et d'étude de l'oïdium, j'avais remarqué que les raisins précoces et les raisins à pellicule fine étaient plus tôt attaqués de l'oïdium que les raisins tardifs et ceux à pellicule forte. Lorsque j'eus à m'occuper de la question de savoir si la fleur de soufre produisait quelque effet sur l'oïdium et quel était cet effet, je portai mon attention sur un champ de vignes fortement attaqué de la maladie et dans lequel on voyait çà et là quelques raisins encore intacts. Après avoir remarqué et noté ces raisins, l'application du soufre fut faite en même temps et avec le même soin sur tous les raisins de ce champ de vignes, et j'en suivis régulièrement toutes les phases.

A l'époque ordinaire de la vendange, tous les raisins se crevassèrent, pourrirent et se desséchèrent, tandis que les raisins qui, à l'époque de la première application du soufre, n'étaient pas encore atteints arrivèrent à maturité complète. Ce qui naguère n'était qu'un soupçon devint une réalité. Dès lors, je fus convaincu que la fleur du soufre appliquée sur la pellicule du raisin avant l'apparition de l'oïdium conserve ce fruit, et qu'elle empêche l'oïdium de se produire, je conclus de là que, si l'opération du brossage rend le raisin à la lumière, la fleur du soufre empêche que l'air et la lumière ne soient enlevés à ce fruit.

D. — Quelle conséquence tirez-vous des enseignements contenus dans ce chapitre ?

R. — Tout lecteur attentif et impartial conviendra que ce chapitre est fécond en révélations concluantes : on y reconnaît que, sans le phénomène naturel que j'ai découvert, il m'eut été impossible d'expliquer comment le raisin se développe d'abord, acquiert le volume d'un gros pois ; comment il est ensuite arrêté dans son développement, par quel prodige il est rendu à la vie et arrive à maturité complète ; et de conclure de ces différentes phases que l'oïdium est inoffensif de sa nature, qu'il n'est pour le raisin qu'un simple accident ; que le raisin ne périt que parce qu'il est privé de l'air et de la lumière ; que l'opération du brossage et l'application de la fleur de soufre sont deux procédés pris dans la nature ; que ces deux procédés si différents entre eux produisent le même effet, et que l'effet qu'ils produisent est exactement le même que l'effet produit par la nature. Cette coïncidence est d'autant plus frappante qu'elle était moins attendue. Pour faire ressortir davantage la grandeur et la puissance du phénomène naturel que j'ai découvert, je vais préciser encore une fois cette coïncidence : la nature rend le raisin à l'air et à la lumière en le dégageant de la matière qui le couvre et qu'on appelle oïdium ; le brossage rend le raisin à l'air et à la lumière en dépouillant ce fruit de l'oïdium ; la fleur de soufre empêche que le raisin ne soit privé de l'air et de la lumière, en empêchant l'oïdium de se produire.

Qui ne conviendra, après un tel rapprochement, que le raisin ne périt que parce qu'il est privé de l'air et de la lumière ?

Qui ne reconnaîtra la justesse de cette proposition : c'est la première fois qu'un phénomène naturel est venu dévoiler les propriétés d'une calamité publique et indiquer deux procédés infaillibles propres à combattre cette calamité, en montrant la cause de l'effet qu'elle produit.

L'admiration se joint ici à la surprise, quand on considère que la solution d'un problème si abstrait est due à un phénomène aussi simple que celui du frottement qu'une feuille de vigne agitée par le vent exerce sur quelques grains de raisin.

J'ai la confiance que mes travaux, entrepris dans une vue de bien public et d'une utilité incontestable, ne seront pas perdus pour les générations à venir

CHAPITRE IX

Des germes reproducteurs.

D. — Qu'avez-vous à nous apprendre sur les germes reproducteurs ?

R. — La doctrine des germes reproducteurs ne repose, comme celle du cryptogame, que sur une simple proposition dénuée de preuves.

5

D. — Faites-nous connaître cette proposition.

R. — La voici : A l'époque de la germination des vignes, a dit un praticien de renom, sans doute, des germes reproducteurs emportés par les courants envahissent les produits de la vigne et, quelques jours après, la maladie est de nouveau déclarée.

D. — Ce praticien a-t-il dit d'où viennent ces germes, quelle est la plante qui les produit, quelle est leur grosseur, leur couleur et leur forme ?

R. — Il a gardé le silence sur tout cela et sur les autres particularités qui, en pareille occurence, pourraient être l'objet de détails intéressants, instructifs.

D. — Trouvez-vous quelque caractère de vérité dans cette hypothèse ?

R. — Je n'en trouve aucun et, à mon avis, elle pèche en tout point contre la vraisemblance.

Pour prouver ce que je dis, je vais répondre à la neuvième des questions que l'on trouvera page 30 de mon catéchisme.

D. — Dites-nous donc quelles conséquences on peut tirer des trois principales phases de l'oïdium, qui consistent : 1° en ce que les molécules de l'oïdium sont parfaitement égales entr'elles ; 2° que ces molécules laissent entr'elles des interstices parfaitement égaux ; 3° enfin que ces molécules se manifestent en même temps sur toutes les parties du produit attaqué ?

R. — Ces trois phases vont nous prouver encore une fois que les hypothèses d'un cryptogame et de germes reproducteurs emportés par le vent sont inadmissibles. Comment admettre, en effet, que des germes, quels qu'ils soient, viennent envahir tous à la fois et en même temps un corps sphérique, de manière qu'il y aura uniformité complète, soit dans leur développement, soit dans leur grosseur, soit enfin dans la distance qui les séparera ; et seront d'une fécondité telle, que pendant quatre mois, ils ne mettront aucun intervalle entre la production et la reproduction. On est forcé d'avouer que de pareilles hypothèses sont contre toute vraisemblance. Je n'insisterai donc pas.

Toutefois, comme je touche à la fin de mon œuvre, je placerai ici quelques considérations qui, selon moi, ne manquent pas de justesse. Je rappellerai d'abord que des enseignements contenus dans mon catéchisme, il ressort : qu'après une observation attentive et soutenue de l'état de la vigne en temps d'oïdium, l'opinion de l'existence d'un parasite vivant aux dépens des produits de cette plante précieuse répugne à la saine raison ; que ce serait donc faire injure aux agronomes praticiens de croire qu'ils ont persévéré de bonne foi dans cette opinion.

D.— Vous supposez donc que les hommes compétents se sont trompés ?

R.— C'est plus que cela, j'en ai la certitude, et je le déclare hautement au nom de la nature et de la logique des faits, qui sont invincibles. Mais ce qui va suivre prouvera que cela ne compromet en rien, ni la considération, ni l'estime qui sont dues aux hommes honorables dont il s'agit, attendu que l'impossible n'est de la compétence de personne.

Bien des gens s'étonneront que des hommes spéciaux et très-compétents se soient laissé entraîner ainsi dans l'erreur. J'ai la conviction que les moins étonnés seront ceux-là mêmes qui se sont trompés. Les praticiens de renom qui sont journellement en présence de la nature, qui s'efforcent, mais en vain, d'en pénétrer les mystères et en admirent les merveilles, savent bien que l'esprit humain se heurte sans cesse contre cet arrêt : *usque huc nec plus ultrà,* tu viendras jusqu'ici, et pas au-delà. S'il en est ainsi à l'égard des phénomènes qui, depuis des siècles, font l'objet des études des agronomes les plus éclairés et les plus instruits, que dire de ces fléaux qui ont un caractère si particulier, qu'il est impossible d'établir la moindre analogie entr'eux et les enseignements de la science ? Faisant une application de tout cela à l'importante question qui nous occupe, je conclus : que les calamités publiques nivellent les intelligences et en bravent les efforts.

Ce qui se passe sous nos yeux depuis un quart de siècle vient à l'appui de ce que j'avance. De 1850 jusqu'à aujourd'hui, les maladies désastreuses, l'une appelée oïdium et l'autre phylloxera, ont ravagé les vignobles ; la première de ces maladies, qui dura plus de douze ans, mit en émoi les habitants de toutes les contrées viticoles de l'Europe et de l'Afrique ; tous les hommes spéciaux, les savants de tous les ordres, tous les agriculteurs, des milliers d'hommes de toutes les classes et de toutes les conditions unirent tous leurs efforts contre l'ennemi commun, mais leurs efforts se heurtèrent contre une sorte de poussière, comme la vague de l'océan puissante et furieuse vient échouer devant la ligne de démarcation que lui traça la nature.

Depuis plus de dix ans, l'élite des agronomes, des centaines de viticulteurs expérimentés s'agitent autour de l'arbuste précieux qu'on nomme la vigne, pour combattre la seconde de ces maladies qui dure encore, mais tous leurs efforts sont restés sans résultat. Il paraîtrait même, de leur propre aveu, que leurs espérances ont fait place au découragement. Ajoutons à tout cela que les siècles passés ne nous ont rien transmis à l'égard de ces fléaux qui, d'époque en époque, viennent affliger l'humanité. Je persiste donc dans cette opinion que les calamités publiques ne sont pas du ressort de l'intelligence humaine, à moins d'un cas exceptionnel tel que celui de ma découverte, que je dois à la manifestation spontanée d'une vérité que je ne cherchais pas. C'est là le motif qui m'a fait choisir l'épigraphe que j'ai placée en tête de mon catéchisme. Cette épigraphe, je l'ai adoptée par conviction.

D. — De ce que vous venez de dire ci-dessus, il faudrait donc conclure que l'homme, cédant à un sentiment d'impuissance, doit se condamner à l'inaction en présence d'une calamité publique ?

R. — Je ne le pense pas et je suis loin de le conseiller. En pareil cas, le succès peut être la récompense du zèle, du dévouement, de l'enthousiasme et surtout de la persévérance. Dieu dit à l'homme : aide-toi et je t'aiderai.

Deo juvante, labor omnia vincit improbus.
Dieu aidant, un travail opiniâtre vient à bout de tout.

Travaille, ami, travaille, et puis travaille encor ;
Du courage toujours, n'épargne aucun effort.
Songe bien qu'en tout art, comme en toute science,
Le succès est le prix de la persévérance.

CHAPITRE X

Du crevassement des raisins.

D. — Que pensez-vous du crevassement des raisins ?

R. — La solution de cette question est plus abstraite qu'elle ne le paraît, sans doute, aux partisans du cryptogame. Ceux-ci ont prétendu que la matière qui couvre le raisin et qu'on appelle oïdium, n'est autre chose qu'un parasite vivant aux dépens des produits de la vigne; que ce parasite est fortement implanté dans la pellicule du raisin, qu'il atrophie, corrode et détruit ce fruit dont la pellicule perd toute son élasticité, que cet état déplorable dure à peu près pendant toute la saison de la fructification des vignes et se termine par le crevassement.

Je ne demanderai pas aux partisans de l'hypothèse ci-dessus s'il est possible d'admettre que des raisins atrophiés et corrodés soient encore dans les conditions physiquement exigées pour arriver au crevassement.

Je me bornerai à faire observer que, dans l'opinion des partisans du cryptogame, si on laisse les raisins sous l'influence de l'oïdium, jusqu'à l'époque ordinaire de la maturité, les raisins atrophiés, corrodés et détruits, se crevasseront nécessairement. Eh bien ! je déclare hautement que c'est là une erreur. Voici comment je le prouve.

La nature m'a appris, et l'expérience a confirmé, que,

si à l'époque du crevassement, on enlève de dessus les grains de raisin la matière qui les couvre, ces grains, rendus à l'air et à la lumière, reprennent aussitôt leur développement, acquièrent, dans une douzaine de jours, le volume ordinaire de leur espèce, se colorent vivement et arrivent à maturité. (Voir le premier rapport de la commission, page 7).

Serait-il possible à un partisan quelconque du cryptogame, d'expliquer comment des raisins atrophiés, corrodés, détruits et qui allaient nécessairement se crevasser, sont instantanément, grâce à une simple opération mécanique, réorganisés dans toutes leurs parties et rendus à leur état normal.

Je suis donc en droit de conclure que l'existence d'un cryptogame ne peut être admise ; que le raisin attaqué de l'oïdium n'est ni atrophié, ni corrodé, ni détruit. Il eût été facile pour tous les observateurs de s'en convaincre, et je m'étonne que des hommes intelligents, instruits et qui passent leur vie dans l'observation, n'aient pas songé à étudier l'état extérieur et intérieur des raisins couverts de l'oïdium et à se livrer à cette étude, au moins une fois par mois, pendant toute la saison de la fructification des vignes. A l'époque du crevassement des raisins, ils auraient trouvé les grains aussi durs, aussi verts, aussi limpides, aussi intacts dans toutes leurs parties, qu'ils les eussent vus aux mois de juin, juillet, août et septembre. Qu'on veuille bien me dire s'il eût été possible alors d'admettre l'existence d'un parasite ; à moins qu'en désespoir de cause on n'eût voulu émettre une opinion quelconque. Ce que je suis loin de croire.

A propos du premier rapport de la commission, dont

j'ai parlé ci-dessus, il est une particularité sur laquelle je crois devoir appeler l'attention du lecteur.

Il est dit dans ce rapport que le président de la commission me demanda combien il faudrait de temps pour que mon remède accomplît son effet ; je lui répondis que dix à douze jours suffiraient pour cela. Sur ma réponse, la commission s'ajourna au 19 de ce même mois de septembre, elle se rendit exactement au jour marqué et elle constata, ainsi qu'on peut le voir dans le deuxime rapport, que tous les raisins opérés avaient, dans l'espace d'environ onze jours, acquit le volume ordinaire de leur espèce, qu'ils étaient luisants comme du verre et vivement colorés, et que rien ne paraissait devoir les empêcher d'arriver à maturité complète.

Que dire maintenant de cette réponse que je fis sans hésitation : dix à douze jours suffiront pour que mon remède accomplisse son effet.

Cette réponse ne prouve-t-elle pas de la manière la plus péremptoire que je savais les raisins intacts dans toutes leurs parties ; que je connaissais à fond la puissance de mon procédé, et que j'avais fait une étude minutieuse de toutes phases par lesquelles passe le raisin opéré.

Cela n'a pas besoin de commentaire. Je le laisse à l'appréciation des hommes impartiaux.

D. — Puisqu'il est bien reconnu que le raisin attaqué de l'oïdium est exempt de détérioration, pourriez-vous nous dire quelle est la cause du crevassement de ce fruit ?

R. — Comprenant combien cette question était abstraite, j'en fis souvent l'objet d'une étude particulière. Un jour, après avoir longuement et sérieusement réfléchi, je m'avisai de demander à la nature pourquoi

les grains d'un même raisin qui sont tous attaqués de
l'oïdium à la même époque et au même degré, ne se
crevassaient pas tous en même temps ; la nature me
répondit tout d'abord que les raisins ne se crevassaient
qu'à l'époque ordinaire de leur maturité, ensuite, pour
m'expliquer le crevassement successif des grains, elle
me fit observer que les grains d'un même raisin, comme
les fruits d'un même arbre, ne mûrissent pas tous à la
fois. Je fus frappé de ce trait de lumière. Peu à près la
nature ajouta : le crevassement du raisin est le résultat du dernier effort que fait ce fruit, pour vaincre
l'obstacle qui s'oppose à sa suprême transformation.

Cette solution me satisfit d'autant plus qu'elle était
en tout point prise dans la nature, qu'elle était en har-
monie avec ce grand principe : le raisin ne périt que
parce qu'il est privé de l'air et de la lumière.

Et enfin qu'elle était justifiée par l'expérience qui
nous apprend que, si même quelques instants avant
le crevassement, on dépouille les raisins de la matière
appelée oïdium, le crevassement n'a plus lieu, et les
raisins ainsi rendus à l'air et à la lumière acquièrent,
en peu de jours, le volume ordinaire de leur espèce,
se colorent vivement, et arrivent à maturité. (Voir le
deuxième rapport de la commission d'Agriculture de
Marseille.) Page 9.

Qui jamais se fût attendu à de pareilles révélations
qui font ressortir avec tant d'éclat la grandeur de ma
découverte et la puissance d'un procédé qui n'est qu'une
imitation de la nature ? Qui, en présence de tels faits,
pourrait se défendre d'un sentiment de surprise et d'admiration ?

Toutefois, ces résultats, qui tiennent du prodige, ne
m'inspirent ni prétention ni orgueil. C'est dans le

phénomène naturel qui m'a été dévoilé, qu'après plusieurs années de recherches, d'observations et d'étude, j'ai trouvé les enseignements précieux qui m'ont permis de résoudre des problèmes dont la solution n'était pas du domaine de la science.

En conséquence de ce qui précède, je puis finir comme j'ai commencé en disant encore une fois : ce n'est point l'opinion d'un homme qui s'impose ici, c'est la nature elle-même dont je ne suis que l'humble interprète.

***

Emploi des procédés propres à combattre l'oïdium.

De tout ce qui précède, il résulte que nous avons deux procédés infaillibles pour combattre la maladie de la vigne appelée oïdium ; que ces procédés sont la conséquence de la découverte d'un phénomène naturel qui est irrécusable. Ces deux procédés consistent : le premier à enlever de dessus le raisin la matière qui le couvre, et cela à l'aide d'un pinceau très-doux dont nous donnons ici la fidèle représentation.

Voici comment on procède à cette opération. On prend le raisin de la main gauche, sans brusquer les mouvements et en évitant avec soin tout ce qui pourrait endommager, ou le pédoncule de la rafle, ou les petits pédoncules des grains, ou les grains eux-mêmes. L'opération doit être faite à sec ; si donc les raisins étaient humides de rosée, il faudrait ne se livrer à ce travail que demi-heure, ou une heure après le lever du soleil.

Une expérience de neuf années consécutives m'a prouvé que le procédé du brossage a des résultats complets, en l'appliquant dès les premiers jours du mois d'août, et qu'il peut être pratiqué avec le plus grand succès jusqu'au huit septembre. Ce que je dis ici, s'applique aux contrées où la récolte des raisins se fait à la fin de septembre, ou dans la première quinzaine du mois d'octobre. Je ferai observer que l'opération du brossage peut se faire au commencement de juillet et même plus tôt, mais comme alors la sève a encore toute sa force et que l'oïdium se reproduit sans cesse, on serait obligé d'opérer une seconde fois les raisins qui sont d'une nature précoce et à pellicule fine. Quoi qu'il en soit, je conseille aux petits propriétaires qui useront du procédé du brossage, dans le courant du mois d'août, de surveiller leurs raisins jusqu'au moment de la récolte, et aux grands propriétaires, qui seront obligés de l'appliquer au commencement de juillet, de garder après l'opération deux femmes par hectare, pour soigner les raisins sur lesquels l'oïdium viendrait à se reproduire.

Le second procédé consiste à appliquer la fleur de soufre, non sur la matière appelée oïdium, mais sur la pellicule du raisin avant que l'oïdium se manifeste, car la fleur de soufre ne guérit pas l'oïdium, comme on l'a dit, elle n'a ici qu'une seule propriété, celle d'empêcher l'oïdium de se produire.

Voici la manière de procéder. Quelques jours après la floraison des raisins, il faut surveiller ce fruit avec le plus grand soin, et dès les premiers symptômes d'oïdium, il faut s'empresser d'appliquer la fleur de soufre. On peut l'appliquer avec la main ou au moyen d'un soufflet *ad hoc.*

Comme la fleur de soufre peut être enlevée par les rosées abondantes, par les pluies, il est de la dernière importance de renouveler l'opération du soufrage, toutes les fois qu'une de ces causes ou toute autre, a enlevé la fleur de soufre.

Ce procédé ne demande pas d'autres soins.

Nous avons dit que ces deux procédés sont également infaillibles ; ne sont-ils pas plus coûteux l'un que l'autre ? C'est ce que l'expérience prouvera.

Il est à propos pour cela de faire connaître les avantages de l'un, et les inconvénients de l'autre. Pour les petits propriétaires, une seule opération du brossage faite dans le mois d'août peut suffire, avec un peu de surveillance, comme nous l'avons dit ci-dessus. Quant aux grands propriétaires, obligés de commencer l'opération plus tôt, il est évident qu'ils seront obligés d'y revenir en partie, pour les raisins opérés en juillet. Pour ce qui regarde l'application du soufre, il faudra, suivant la température, renouveler cette opération trois, quatre et peut-être même cinq fois.

D'autre part, et ce que je vais dire est constaté par les rapports de la commission déléguée par la société d'agriculture de Marseille, l'expérience a prouvé que les raisins guéris par l'opération du brossage et soumis à la fermentation, ont produit, sur cinq litres, un cinquième de litre de plus que les raisins non attaqués de l'oïdium, que le vin en est plus dépouillé et qu'il est d'un goût plus agréable. Un autre avantage, qui est également constaté dans les mêmes rapports, c'est que les raisins brossés se conservent plus longtemps que les raisins exempts de la maladie.

Les raisins soufrés communiquent l'odeur du soufre au vin, pourrissent facilement, et il est impossible de retirer du marc des raisins soufrés, ce petit vin qu'en Provence on appelle piquette, boisson agréable, qui augmente d'un quart au moins la récolte des propriétaires.

D'après ce court exposé, on pourra juger des avantages que l'un de ces procédés peut avoir sur l'autre.

Voici quelques lignes rimées qui résument la théorie et la pratique :

Pour empêcher l'oïdium de nuire,
Nous avons deux moyens : le soufre et le pinceau.
L'un et l'autre moyen est simple, mais fort beau.
Le premier ôte au mal le temps de se produire,
Et lorsque le mal s'est produit,
Par un doux frottement, le second le détruit.

Je terminerai ce premier chapitre par quelques courtes réflexions que voici. Songeons à la postérité. Ses droits sur nous, ainsi que nos devoirs envers elle, sont consacrés par l'exemple de nos ancêtres.

Que saurions-nous, que serions-nous sans les bienfaits de la tradition ?

Si, à l'époque où l'oïdium fit son apparition en France, on avait trouvé dans les archives de quelque commune, ou dans la poussière d'une de ces bibliothèques sur lesquelles les siècles ont passé, les enseignements précieux renfermés dans mon catéchisme : quels transports de joie parmi les populations viticoles! que de dures privations de moins! que de millions de plus !

DEUXIÈME PARTIE

(Solution à priori.)

De la maladie et de la mortalité des vignes.

———————

Dans cette deuxième partie, l'auteur prouve, ainsi qu'il l'a fait dans la première, que la maladie de la vigne a pour cause un état anormal de la sève ; et il indique des procédés propres : 1° à conjurer la mortalité des vignes ; 2° à ramener à leur état normal les vignes plantées ; 3° à assurer la prospérité de nouvelles plantations qui, grâce à des enseignements autorisés, pourront être faites en toute confiance.

———————

Lorsque au mois de mai mil huit cent septante-quatre j'eus terminé mes travaux sur l'oïdium, je me proposai, pour compléter mes études sur cette importante question, de chercher la cause de la mortalité des vignes, que les agronomes attribuaient à un puceron nommé *phylloxera*. Déjà, depuis quelques années, je pensais que cette fois encore, l'opinion des agronomes pourrait bien ne reposer que sur des apparences trompeuses. Pour m'en assurer, je fis appel à tous les enseignements que j'avais trouvés dans ma découverte et dans mes longs travaux, et après un examen consciencieux, je

restai convaincu que les animalcules observés dans la
vigne étaient le résultat d'un mal inconnu, que les
hommes compétents prenaient ici l'effet pour la cause,
et qu'ils étaient dans l'erreur. Dès lors, je résolus de
m'affranchir de toute influence étrangère, et, comme je
l'avais fait pour l'oïdium, de chercher une solution dans
la nature même.

A l'époque dont je parle ci-dessus, j'étais vivement
préoccupé d'un phénomène naturel qui depuis a été
en s'accentuant toujours davantage. J'avais constaté
qu'au printemps, dans les premières phases de la germination, les vignes ne pleuraient plus ou presque plus.
Le trouble malsain que devait causer la concentration
de cette première sève, qui est un allégement non-
seulement utile mais indispensable à la vigne, n'étant
pas douteux, je crus qu'il fallait avant tout chercher
la cause de cet état anormal. Ce fut donc de ce côté
que se portèrent tous les efforts de mon intelligence.
La tâche était lourde, le succès fort incertain. Mais ins-
truit par l'expérience de ce que peuvent une volonté
ferme et un travail soutenu, je me mis résolûment à
l'œuvre. Cependant les semaines, les mois se passèrent,
et rien de satisfaisant n'avait surgi. La question restait
enveloppée dans d'épaisses ténèbres ; lorsqu'un jour, mon
attention se porta tout à coup sur l'opération de la taille
des vignes. Aussitôt les idées se croisèrent en tous sens
dans mon esprit, je crus que la lumière allait se faire
et que j'étais enfin sur le terrain de la vérité. Lorsque
le calme eut pris la place de ce premier élan d'enthousiasme, je me trouvai en présence de deux instruments
propres à l'opération de la taille des vignes. L'un de
ces deux instruments appelé *serpe*, était celui dont se
servaient nos aïeux. Cet instrument est de fer, large,

plat et tranchant. Il est recourbé vers la pointe et il est emmanché de bois. Le côté opposé à la pointe se termine en forme de marteau tranchant. Cet instrument attaque sur un point seulement la branche qu'on veut couper. Il donne une taille d'une netteté remarquable, et cette taille se termine en bec de flûte. Il résulte de là que, toutes les fibres de la branche étant coupées en une sorte de spirale, il est donné à l'expansion de la sève un échappement facile et salutaire

L'autre instrument, nommé *sécateur*, a été introduit pour l'opération de la taille des vignes, dans le courant de la première moitié de notre siècle. Cet instrument est fait en forme de ciseaux. Il se compose de deux lames larges, pointues et tranchantes en dedans. Ces lames sont jointes par une vis ou par un clou. Cet instrument attaque en même temps et sur deux points opposés la branche qu'on veut couper. Il donne une taille en couronne qui n'est nullement favorable à l'expansion de la sève, sans parler des lésions qui doivent se produire à l'orifice de la taille, par suite de la pression que cet instrument exerce sur le bois.

La forme si différente de ces deux instruments et les effets si différents qu'ils produisent étant connus, on demande : pourquoi le sécateur a été préféré à la serpe. Je réponds : comme la serpe n'avait perdu aucun de ses droits à la confiance de la viticulture, on est obligé de convenir que la préférence dont il s'agit est due à un entraînement irréfléchi qui s'explique par la manie qu'ont en général les hommes de rechercher et d'accepter en tout et partout, même aux dépens de l'utile, ce qui est ou ce qui paraît le plus commode. De nos jours, on a été loin dans cette voie regrettable. Il est des viticulteurs qui vont jusqu'à déchirer le bois de la vigne en

lé taillant avec la scie. C'est se placer au-dessous du
sens commun. Sans le motif que je viens d'exposer ci-
dessus, on serait autorisé à croire que dans ces derniers
temps on a voulu mettre à l'épreuve les forces vitales
de la vigne. De là cependant la suppression des pleurs
de la vigne, dont les résultats fatals ont été d'abord
l'état anormal, puis la mort de ce précieux arbuste. De
là encore les désastres qui depuis plus d'un quart de
siècle enlèvent à l'agriculture l'un de ses plus précieux
produits. Telle est l'origine de tant de maux qui eussent
pu être conjurés. Qui ne s'étonnera en effet que, vu la
forme différente du sécateur et de la serpe, vu les effets
différents que ces instruments produisent, nul n'ait tenu
compte des conséquences funestes que devait avoir une
préférence qu'on s'efforcerait en vain de justifier.

Toujours poussé par un vrai sentiment de bien public,
je proteste hautement aujourd'hui contre l'emploi du
sécateur, de la scie et de tout instrument autre que la
serpe dans l'opération de la taille des vignes, et, persuadé
que mon procédé sera généralement approuvé et mis en
œuvre, attendu qu'il est très rationnel, qu'il ne coûte
rien, qu'il a pour garants la logique des faits et l'autorité
des siècles, je viens dire aux viticulteurs et aux propriétaires : dès ce jour renoncez à tous ces instruments
assassins de la vigne. Revenez à la serpe. C'est le seul
instrument auquel la vigne sourit. C'est celui dont nos
sages aïeux se servirent pendant je ne sais combien de
siècles, et pendant cette longue série de siècles la vigne
fut toujours florissante et féconde. Alors elle mourait
de vieillesse ; aujourd'hui elle meurt presque en naissant.

J'ajoute : Viticulteurs et propriétaires, plantez des
vignes. Faites choix de boutures qui ne portent aucune

6

trace de maladie. Mais comme toutes les vignes sont
dans un état plus ou moins anormal, et qu'un malade
réclame des soins, plantez dans les meilleures conditions
possibles. Plantez d'abord dans un terrain fertile ; à
une bonne culture et aux engrais joignez de fréquents
binages pendant la saison des grandes chaleurs ; pour
l'opération de la taille, servez-vous de la serpe ou de
son diminutif la serpette, à l'exclusion de tout autre
instrument. Oh! alors la vigne, rendue bientôt à son
état normal, répandra encore en abondance ces pleurs
qui sont un gage éclatant de sa prospérité, et sous peu
d'années, nous verrons ce riche arbuste ombrager de
nouveau les terres les moins fertiles et étaler ses grappes
vermeilles sur les côteaux les plus arides.

C'est mon vœu, c'est mon espérance.

————————

Voici deux observations d'une importance rigoureuse.

1° L'auteur fait observer qu'il ne suffit pas de
revenir à la serpe, mais qu'il faut revenir en tous points
à la taille des anciens, qui consiste à opérer cette taille
au-dessus du premier bourgeon à partir de la naissance
de la branche qu'on coupe, et à ne laisser sur ce reste
de branche, selon l'expression de nos pères, qu'un *œil* et
une *bourre*, (*œil* signifie ici bourgeon naissant; *bourre*
est l'équivalent de bourgeon).

2° L'auteur fait observer encore que depuis les ravages de l'*oïdium*, qui sont venus précisément à la suite
de l'emploi du sécateur et d'autres instruments nuisibles,

des abus sérieux se sont introduits dans l'opération de
la taille des vignes, opération dont la haute importance
est rigoureusement indiquée par les paroles ci-après,
devenues proverbiales, et que nos ancêtres faisaient
dire à la vigne :

> Moun mèstre me poudara,
> Me travaiara quau voudra.

Ce qui signifie en français :

> Pourvu que mon maître me taille,
> Peu m'importe qui me travaille.

Il est donc bien reconnu qu'au point de vue de nos
aïeux, dont l'opinion s'appuyait sur l'autorité des
siècles, la prospérité de la vigne dépend presque uni-
quement de l'opération de la taille, telle qu'elle nous a
été transmise. Hâtons-nous donc de revenir à la serpe
et à la taille des anciens. Hors de là, je crois pouvoir
l'affirmer hautement, la viticulture est chez nous en voie
de décadence complète.

En résumé : la vigne ne pleure plus, l'oïdium est le
produit de la sève, l'oïdium est inoffensif de sa nature,
l'oïdium n'est pour le raisin qu'un simple accident. De
ces vérités qui ne peuvent être contestées, ressortent de
puissants arguments en faveur de cette théorie. La
maladie et la mortalité des vignes sont les résultats de
l'état anormal de la sève, et cet état anormal de la sève,
est dû aux abus introduits dans l'opération de la taille
des vignes. Qu'on lise mon opuscule, qu'on réfléchisse
et qu'on juge.

J'ai lieu d'espérer que toute considération personnelle
s'effacera en présence d'un grand intérêt social, que les

hommes spéciaux s'inclineront devant la nature, devant la logique des faits, devant l'autorité des siècles, et qu'il sera tenu compte des rapports authentiques et concluants d'une société de personnes autorisées et compétentes. La nature ne demande pas de l'indulgence, et impose l'impartialité.

---

25 ANNÉES DE TRAVAUX

par Jean-Joseph CATANY

Ancien chef d'institution, agronome praticien

A SAINT-REMY-DE-PROVENCE.

TABLE DES MATIÈRES

Avignon. — Impr. adm. GROS frères.

www.ingramcontent.com/pod-product-compliance
Lightning Source LLC
Chambersburg PA
CBHW060435260626
47161CB00005B/1928